벗을 잃고
나는 쓰네

벗을 잃고
나는 쓰네 ———————— # 임채성

루아앤휴잇

시는, 소설은 어찌 잊고 갔을까

1937년 4월, 한 젊은이가 일본 도쿄에서 돌연 사망한다. 그의 나이는 고작 스물일곱에 지나지 않았다. 갑작스러운 비보에 그의 지기(知己)들이 충격에 빠진 것은 당연했다. 곧이어 그의 벗들은 그를 추모하고 애도하는 글을 짓는다.

그에 앞서, 20여 일 전에도 스물아홉의 젊은이가 사망한 일이 있었다. 짧지만 신산한 삶을 살았던 그의 죽음 앞에 그의 벗들 역시 울분을 토한다.

"箱은 오늘의 환경과 종족의 무지 속에 두기에는 너무나 아까운 천재였다. 箱은 한 번도 잉크로 시를 쓴 일은 없다. 그는 스스로 제 혈관을 짜서 '시대의 혈서'를 쓴 것이다. 그는 현대라는 커다란 파선(破船)에서 떨어져 표랑하던 너무나 처참한 선체(船體) 조각이었다."

"유정은 단지 원고료 때문에 소설을 쓰고, 수필을 썼다. 4백 자 한 장에 대돈 50전야라를 받는 원고료를 바라고, 그는 피 섞인 침을 뱉어가면서도 소설을, 수필을 쓰지 않을 수 없었던 것이다. 이렇게 해서 쓴 원고의 원고료를 받아서 그는 밥을 먹었다. 그러다가 유정은 죽었다. 그러나 이것이 어디 사람이 밥을 먹은 것이냐? 버젓하게 밥이 사람을 잡아먹은 것이지!"

이상과 김유정. 혜성처럼 나타났다 사라졌다는 표현이 어울릴 만큼 짧은 삶을 살았지만, 두 사람은 우리 문학사에 큰 획을 그었다. 하지만 살아생전에는 빛을 보지 못했다. 그들의 작품은 '미친 사람의 헛소리'라거나 '어린아이의 말장난', 혹은 '촌스럽고 수준 낮은 잡설'이라고 치부되기 일쑤였다. 그러다 보니 그들은 가난과 고독과 싸우며 굴곡지고 신산한 삶을 살아야 했다.

이 책은 두 개의 파트로 구성되어 있다. 김기림, 박태원, 채만식, 김영랑 등 문명(文名)만으로도 당대를 풍미했던 내로라하는 문인들이 다정한 벗이자 동료 문인이었던 이상, 김유정, 박용철 등의 갑작스러운 죽음 앞에 슬픔을 억누르며 그들의 삶을 회억하는 것과 동료 문인으로서 바라본 문인들의 삶과 작품에 관한 허물없는 이야기가 바로 그것이다. 그러다 보니, 차마 그들 앞에서는 쉽게 할 수 없었던 이야기도 많다. 이를테면, 소설가 김남천은 춘원 이광수를 가리켜 "영리하게 살아갈 줄 아는 처세의 대가"라고 했으며, 시인 오장환은 백석에게 "스타일만 찾는 모더니스트"라고 평가하기도 했다. 그런 점에서 이 책은 문인들의 동료 문인들에 관한 내밀한 고백이자 에스프리이기도 하다.

모든 죽음은 큰 슬픔을 머금고 있다. 하지만 이 책에 나오는 문인들은 슬픔을 억누르며 먼저 간 벗들의 삶과 작품을 회억(回憶)하고 있다. 금방이라도 터져 나올 것만 같은 눈물과 슬픔을 억누른 채 벗에 관한 기억을 끄집어내는 그들의 이야기는 그래서 더욱 슬프다.

　　"일찍 처를 여의어 보고, 아들도 놓쳐 보고, 엄마도 마저 보내 본 나로서는 중한 사람의 죽음을 다 겪어본 셈이지만, 내가 가장 힘으로 믿었던 벗의 죽음이라 아무리 운명이라 치더라도 너무 과한 노릇이 아닐 수 없다."

　　김영랑이 평생의 벗 박용철의 죽음에 부쳐 한 말이다. 그는 이때 인생 최고의 충격을 받았다고 한다. 김유정이 죽었다는 소식을 들은 채만식 역시 마찬가지였다. 그는 애써 눈물을 참으며 이렇게 외친다.

　　"될 수만 있다면 나 같은 명색 없는 작가 여남은 갖다 주고 다시 물러오고 싶다."

　　이보다 더 슬픔과 그리움, 안타까움을 아울러 표현한 말은 없을 것이다. 누구보다도 가슴 아팠을 그들의 절절한 슬픔이 그들의 굴곡진 인생사와 함께 더욱 가슴을 아리게 한다.

　　그들은 왜 그렇게 일찍 떠나야만 했을까. 또 자기 몸보다 더 사랑하던 시는, 소설은 어찌 잊고 갔을까.

　　숙연한 밤이다.

– 목운에서 임채성

| 목차 |

프롤로그 | 시는, 소설은 어찌 잊고 갔을까

Part 1 벗을 잃고 나는 쓰네

#01. 새 시대와 친하고자 했던 날개 돋친 시인   013
김기림, 〈故 이상의 추억〉

#02. 이상이 없는 서울은 너무나 쓸쓸하다   021
박태원, 〈이상의 편모〉

#03. 소설의 개념을 깨뜨리다   032
최재서, 〈故 이상의 예술〉

#04. 밥이 사람을 잡아먹었다   040
채만식, 〈밥이 사람을 먹다 ― 유정의 굳김을 놓고〉

#05. 나 같은 작가 여남은 갖다 주고 다시 물러오고 싶다   045
채만식, 〈유정과 나〉

#06. 벗이라고 하기조차 죄스럽다   049
박태원, 〈유정과 나〉

#07. 지독한 가난 속에 오직 어둠만 보았을 유정   053
박태원, 〈유정 군과 엽서〉

#08. 시는 어찌 잊고 갔을까   058
김영랑, 〈인간 박용철〉

#09. 아! 용철이, 용철이   070
김영랑, 〈故 박용철 조사〉

#10. 문단의 특이한 존재   078
     김동인, 〈소설가로서의 서해〉

#11. 미완성인 채 이 세상에서 자취를 감추다   083
     김기진, 〈도향을 생각한다〉

#12. 남겨둔 글만 그대같이 대하네   088
     이은상, 〈도향 회고〉

#13. 너무도 고달팠던 동화의 아버지   091
     이정호, 〈오호, 방정환 ─ 그의 일주기를 맞고〉

Part 2 벗을 위해 나는 쓰네

#01. 희유의 투사, 김유정   101
     이 상, 〈소설체로 쓴 김유정론〉

#02. 조선 정조의 진실한 이해자이자 재현가   111
     김동인, 〈내가 본 시인 김소월〉

#03. 유년 시대와 고향에 대한 순수한 동경   126
     김동인, 〈내가 본 시인 주요한〉

#04. 고상한 멋을 풍기는 문단의 신사   140
     방인근, 〈김동인은 어떤 사람인가〉

#05. 거만한 이지자, 그러나 처세에 약한 간지쟁이 146
김동환, 〈김동인론〉

#06. 현란하고, 화려한 미적 생활을 즐기는 이 149
김남천, 〈효석과 나〉

#07. 다각적이고, 다채적인 벗 154
김남천, 〈임화에 관하여〉

#08. 영리하게 살아갈 줄 아는 처세의 대가 164
김남천, 〈춘원 이광수 씨를 말함〉

#09. 스타일만 찾는 모더니스트 175
오장환, 〈백석론〉

#10. 다정다한하고, 불가사의한 성격의 소유자 182
변영로, 〈내가 본 오상순〉

#11. 현대시의 새로운 개척자 186
박인환, 〈조병화의 시〉

#12. 흰옷 입은 그의 설움! 흰옷 입은 그의 소리! 192
최서해, 〈병우 조운〉

원저자 소개

벗을 잃고
나는 쓰네 ——————— Part 1

새 시대와 친하고자 했던 날개 돋친 시인

> 箱은 오늘의 환경과 종족의 무지 속에 두기에는 너무나 아까운 천재였다. 箱은 한 번도 잉크로 시를 쓴 일이 없다. 그는 스스로 제 혈관을 짜서 '시대의 혈서'를 쓴 것이다. 그는 현대라는 커다란 파선(破船)에서 떨어져 표랑하던 너무나 처참한 선체(船體) 조각이었다.

箱은 필시 죽음에 진 것은 아니리라. 箱은 제 육체의 마지막 조각까지도 손수 길러서 없애고 사라진 것이리라. 箱은 오늘의 환경과 종족과 무지 속에 두기에는 너무나 아까운 천재였다. 箱은 한 번도 잉크로 시를 쓴 일이 없다. 箱의 시에는 언제나 箱의 피가 임리(淋漓, 흠뻑 젖어 흘러 떨어지거나 홍건함)하다. 그는 스스로 제 혈관을 짜서 '시대의 혈서'를 쓴 것이다. 그는 현대라는 커다란 파선(破船, 부서진 배)에서 떨어져 표랑하던 너무나 처참한 선체(船體) 조각이었다.

다방 N 등의자에 기대앉아 흐릿한 담배 연기 저편에 반나마 취해서 몽롱한 箱의 얼굴에서 나는 언제고 '현대의 비극'을 느끼고 소름이 끼쳤다. 약간의 해학과 야유와 독설이 섞여서 더듬더듬 떨어져 나오는 그의 잡담 속에는 오늘의 문명의 깨어진 메커니즘이 엉켜 있었다. 파리에서 문화

옹호를 위한 작가대회가 있었을 때 내가 만난 작가나 시인 가운데 가장 흥분한 것도 箱이었다.

箱이 우는 것을 나는 본 일이 없다. 그는 세속에 반항하는 한 악(惡)한 정령(精靈)이었다. 악마더러 울 줄을 모른다고 비웃지 마라. 그는 울다 울다 못 해서 인제는 누선(淚腺, 눈물샘)이 말라버려서 더 울지 못하는 것이다. 箱이 소속된 20세기 악마의 종족들은 그러므로 번영하는 위선의 문명을 향해서 메마른 찬웃음을 토할 뿐이다.

흐리고 어지럽고 게으른 시단(詩壇)의 낡은 풍류에 극도의 증오를 품고 파괴와 부정에서 시작한 그의 시는 드디어 시대의 깊은 상처에 부딪혀서 참담한 신음소리를 토했다. 그도 또한 세기의 암야(暗夜, 어두운 밤) 속에서 불타다가 꺼지고 만 한줄기 첨예한 양심이었다. 그는 그러한 불안, 동요 속에서 '동(動)하는 정신'을 재건하려고 해서 새 출발을 계획한 것이다. 이 방대한 설계의 어귀에서 그는 그만 불행히 자빠졌다. 箱의 죽음은 한 개인의 생리의 비극이 아니다. 축쇄(縮刷, 책이나 그림의 원형을 그 크기만 줄여서 인쇄함)된 한 시대의 비극이다.

시단과 또 내 우정의 열석(列席, 자리에 죽 벌여서 앉음) 가운데 채워질 수 없는 영구한 공석을 하나 만들어 놓고 箱은 사라졌다. 箱을 잃고 나는 오늘 시단이 갑자기 반세기 뒤로 물러선 것을 느낀다. 내 공허를 표현하기에는 슬픔을 그린 자전 속의 모든 형용사가 모두 다 오히려 사치스럽다. '故 李箱' —내 희망과 기대 위에 부정의 낙인(烙印)을 사정없이 찍어놓은, 억울한 세 상형문자야.

반년 만에 箱을 만난 지난 3월 스무날 밤, 동경 거리는 봄비에 젖어 있었다. 그리로 왔다는 箱의 편지를 받고 나는 지난겨울부터 몇 번인가 만나기를 기약했으나 종내(終乃, 이전부터 최근까지) 센다이(仙臺, 일본의 도시 이름. 당시 김기림이 다니던 동북제대가 있던 곳)를 떠나지 못하다가 이날에야 동경으로 왔던 것이다.

箱의 숙소는 구단(九段, 일본 동경의 지명) 아래 꼬부라진 뒷골목 2층 골방이었다. 이 '날개' 돋친 시인과 더불어 동경 거리를 만보(漫步, 한가롭게 슬슬 걷는 걸음)하면 얼마나 유쾌하랴 하고 그리던 온갖 꿈과는 딴판으로 상은 '날개'가 아주 부러져서 기거(起居, 앉아 있다가 손님을 영접하려고 일어섬)도 바로 못 하고 이불을 뒤집어쓰고 앉아 있었다. 전등불에 가로 비친 그의 얼굴은 상아(象牙)보다도 더 창백하고, 검은 수염이 코 밑과 턱에 참혹하게 무성했다. 그를 바라보는 내 얼굴의 어두운 표정이 가뜩이나 병들어 약해진 벗의 마음을 상하게 할까 봐, 나는 애써 명랑해하면서,

"여보, 당신 얼굴이 아주 피디아스의 '제우스' 신상(神像) 같구려." 하고 웃었더니, 箱도 예의 정열 빠진 웃음을 껄껄 웃었다. 사실 나는 그때 듀비에의 '골고다의 예수' 얼굴을 연상했다. 오늘 와서 생각하면 箱은 실로 현대라는 커다란 모험에 빠져서 십자가를 걸머지고 간 골고다의 시인이었다.

암만(아무리) 누우라고 해도 듣지 않고 箱은 장장 두 시간이나 앉은 채 거의 혼자서 그동안 쌓인 이야기를 풀어 놓았다. 엘먼(우크라이나 출

신의 미국 바이올리니스트)을 찬탄하고, 정돈(停頓, 침체하여 더는 나가지 못함)에 빠진 몇몇 벗의 문운(文運)을 걱정하다가, 말이 그의 작품에 대한 월평(月評, 신문·잡지 따위에서 다달이 하는 비)에 미치자 그는 몹시 흥분해서 속견(俗見, 세속적이거나 통속적인 생각)을 꾸짖는다. 재서(평론가 최재서)의 모더니티(Modernit, 예술 사조로서의 모더니즘에 드러나는 근대적인 특징이나 성향)를 찬양하고, 또 그의 〈날개〉 평은 대체로 승인하나 작자로서 다소 이의가 있다고도 말했다. 나는 벗이 세평에 대해서 너무 신경 과민한 것이 벗의 건강을 더욱 해칠까 봐, 시인이면서 왜 혼자 짓는 것을 그렇게 두려워하느냐. 세상이야 알아주든 말든 값있는 일만 정성껏 하다가 가면 그만이 아니냐며 어색하게나마 위로해 보았다.

箱의 말을 들으면 공교롭게도 책상 위에 몇 권의 상스러운 책자가 있었고, 본명 김해경(金海卿) 외에 이상(李箱)이라는 별난 이름이 있고, 그리고 일기 속에 몇 줄 온건하달 수 없는 글귀를 적었다는 일로 인해 그는 한 달 동안이나 ○○○에 들어갔다가 아주 건강을 상해서 일주일 전에야 겨우 자동차에 실려서 숙소로 돌아왔다는 것이다. 箱은 그 안에서 다른 ○○ 주의자들과 마찬가지로 수기를 썼는데, 예의 명문에 계원도 찬탄하더라고 하면서 웃었다. 니시간다(西神田) 경찰서원 속에 조차 애독자를 가졌다고 하는 것은 시인으로서 얼마나 통쾌한 일이냐고 나도 같이 웃었다.

음식은 그 부근에 계신 허남용 씨 내외가 죽을 쑤어다 준다고 하고, 마침 소운(素雲, 수필가 김소운으로 추정)이 동경에 와 있어서 날마다 찾아주고, 주영섭, 한천 등 여러 친구가 가끔 들러주어서 과히 적막하지는 않다고 한다.

이튿날 낮에 다시 찾아가서야 나는 그 방이 완전히 햇빛이 들지 않는 방인 것을 알았다.

지난해 7월 그믐께다. 아침에 황금정(黃金町, 지금의 서울 을지로) 뒷골목 箱의 신혼 보금자리를 찾았을 때도 방은 역시 햇빛 한줄기 들지 않는 캄캄한 방이었다. 그날 오후 《조선일보》사 3층 뒷방에서 벗이 애를 써 장정을 해준 졸저(拙著) 《기상도(氣象圖, 김기림의 첫 시집)》의 발송을 마치고 둘이서 창에 기대서서 갑자기 거리에 몰려오는 소낙비를 바라보는데, 창전에 뱉는 箱의 침에 빨간 피가 섞였었다. 평소부터도 箱은 건강이라는 속된 관념은 완전히 초월한 듯이 보였다. 箱의 앞에 설 때마다 나는 아침이면 정말체조(丁抹體操, 덴마크 체조)를 잊어버리지 못하는 나 자신이 늘 부끄러웠다. 무릇 현대적인 퇴폐에 대한 진실한 체험이 없는 나는 이 점에 대해서는 늘 箱에게 경의를 표했다. 그러면서도 그를 아끼는 까닭에 건강이라는 것을 너무 천대하는 벗이 한없이 원망스러웠다.

箱은 스스로 형용해서 천재일우의 기회라고 하면서 모처럼 동경서 만나고도 병으로 인해서 뜻대로 함께 놀러 다니지 못하는 것을 한탄한다. 미진(未盡)한 계획은 4월 20일께 동경에서 다시 만나는 대로 미루고 그때까지는 꼭 맥주를 마실 정도로라도 건강을 회복하겠노라고, 그리고 햇볕이 드는 옆방으로 이사하겠노라고 하는 箱의 뼈뿐인 손을 놓고 나는 동경을 떠나면서 말할 수 없이 마음이 캄캄했다.

箱의 부탁을 부인께 아뢰려 했더니, 내가 서울 오기 전날 밤에 벌써 부인께서 동경으로 떠나셨다는 말을 서울 온 이튿날 전차 안에서 조용만(구인회 회원. 소설가) 씨를 만나서 들었다. 그래, 일시 안심하고 집에 돌아와서 잡무(雜務)에 분주하느라고 다시 벗의 병상을 보지도 못하는 사이에 원망스러운 비보가 달려들었다.

"그럼, 다녀오오. 내 죽지는 않소."

하고, 箱이 마지막 들려준 말이 기억 속에 너무 선명하게 솟아올라서 아프다.

이제 우리 몇몇 남은 벗들이 箱에게 바칠 의무는 箱의 피 엉긴 유고(遺稿)를 모아서 箱이 그처럼 애써 친하고자 하던 새 시대에 선물하는 일이다. 허무 속에서 감을 줄 모르고 뜨고 있을 두 안공(眼孔, 눈구멍)과 영구히 잠들지 못할 箱의 괴로운 정신을 위해서 한 암담하나마 그윽한 침실로서 그의 유고집을 만들어 올리는 일이다.

나는 믿는다. 箱은 갔지만, 그가 남긴 예술은 오늘도 내일도 새 시대와 더불어 동행하리라고.

-1937년 6월 《조광》 3권 6호

김기림은 한국 모더니즘을 대표하는 시인으로 주지주의 문학을 소개하는 데 앞장섰다. 특히 이상, 백석, 정지용 등은 그의 평론으로 인해 이름을 널리 알리게 되었으며, 그중 이상과는 사이가 매우 각별했던 것으로 알려져 있다.

일본에 머물던 시절 이상은 김기림에게 편지를 자주 보내곤 했다. 그 대부분이 외로움을 호소하는 것이다.

"—3월에는 부디 만납시다. 나는 지금 참 쩔쩔매는 중이오. 생활보다도 대체 어떻게 했으면 좋을지 모르겠소. 의논할 일이 한두 가지가 아니오. 만나서 결국 아무 이야기도 못 하고 헤어지는 한이 있더라도 그저 만나기라도 합시다.

서울을 떠날 때 생각한 것은 참 어림도 없는 도원몽이었소. 이러다가는 정말 자살할 것만 같소. 베개를 나란히 하여 타면(墮眠)에 계속 빠져 있는 꼴이오."

이는 1937년 2월 10일, 음력 제야에 쓴 것으로 그에게 한 번 만날 것을 요청한 것이다. 지독한 외로움과 향수병에 시달리고 있었음을 알 수 있다. 하지만 당시 센다이에서 학교에 다니고 있던 김기림의 사정으로 인해 종내 만나지 못하다가 죽기 얼마 전에야 겨우 만날 수 있었다. 그것이 두 사람의 마지막 만남이었다.

아무도 그에게 수심을 일러준 일이 없기에
흰나비는 도무지 바다가 무섭지 않다.

청무우 밭인가 해서 내려갔다가는
어린 날개가 물결에 절어서
공주처럼 지쳐서 돌아온다.

삼월달 바다가 꽃이 피지 않아서 서글픈
나비 허리에 새파란 초승달이 시리다.

김기림의 〈바다와 나비〉이다. 이 시는 그가 이전에 쓴 시와는 확연히 다른 분위기를 띠고 있다. 이국적 정서를 드러내는 낯선 외래어도 없고 서구 문명 세계에 대한 동경도 없다. 오히려 알 수 없는 슬픔과 생의 질곡이 느껴진다. 그는 과연 무엇이 그리 슬펐을까. 혹시 여기서 말하는 나비는 바다 건너 낯선 땅에서 삶을 마감해야 했던 벗 이상이 아니었을까. 그래서 그의 못다 이룬 꿈, 아무도 알아주지 않는 현실을 슬퍼했던 건 아닐까.

이상이 요절한 뒤 김기림은 박태원에게 쓴 편지에서 이렇게 말했다고 한다.

"봄이 오니 형도 〈제비〉가 그리우신가 보오. 돌아오지 않는 〈제비〉의 임자는 얼마나 야속한 사람이겠소? 그래서 나는 동경을 지날 때는 머리를 숙이오."

* 편모(片貌) - 단편적인 모습. 즉, 전반에 걸치지 않고 한 부분에 국한된 모습

이상이 없는 서울은 너무나 쓸쓸하다

그는 온건한 상식인 앞에서 기탄없이 그 독특한 화술로써 일반 선량한 시민으로서는 규지(窺知)할 수 없는 세계의 비밀을 폭로한다. 그는 술을 사랑하고, 벗을 사랑하고, 또 문학을 사랑하였으면서도, 그것의 절반도 제 몸을 사랑하지 않았다.

내가 李箱을 안 것은 그가 아직 다료(茶寮, 다방)〈제비〉를 경영하고 있었을 때다. 나는 누구한테서인가 그가 고공 건축과(지금의 서울대 건축학과) 출신이란 말을 들었다. 나는 상식적인 의자나 탁자에 비해 그 높이가 절반밖에는 안 되는 기형적인 의자에 앉아 가게 안을 둘러보는 그를 '괴팍한 사나이'다 라고 생각하였다.

〈제비〉해멀쓱한 벽에는 십 호 인물형의 초상화가 걸려 있었다. 나는 누구에겐가 그것이 그 집주인의 자화상임을 듣고 다시 한 번 쳐다보았다. 황색 계통의 색채는 지나치게 남용되어 전 화면이 오직 누─런 것이 몹시 음울하였다. 나는 그를 '얼치기 화가로군' 하였다.

다음에 또 누구한테서인가 그가 시인이란 말을 들었다.

"그러나 무슨 소린지 한마디 알 수 없지……"

나는 그 무슨 소린지 알 수 없는 시가 보고 싶었다. 이상은 방으로 들어가 건축잡지를 두어 권 들고 나와 몇 수의 시를 내게 보여주었다. 나는 '쉬르레알리슴(Surrealism, 초현실주의)'에 흥미를 갖고 있지는 않았으나, 그의 '운동' 1편은 그 자리에서 구미가 당겼다.

지금 그 첫 두 머리 한 토막이 기억에 남아있을 뿐이다. 그것은

　　1층 우에 2층 우에 3층 우에 옥상정원에를 올라가서
　　남쪽을 보아도 아무것도 없고 북쪽을 보아도 아무것도 없기에 다시 옥
　　상정원 아래 3층 아래 2층 아래 1층으로 내려와……

로 시작되는 시였다.

나는 그와 몇 번을 거듭 만나는 사이 차차 그의 재주와 교양에 경의를 표하게 되고, 그의 독특한 화술과 표정과 제스처는 내게 적지 않은 기쁨을 주었다.

어느 날 나는 이상과 당시 《조선중앙일보》에 있던 상허(소설가 이태준)와 더불어 자리를 함께하여 그의 시를 《중앙일보》 지상(紙上)에 발표할 것을 의논하였다.

일반 신문 독자가 그 난해한 시를 능히 용납할 것인지 그것은 처음부터 우려할 문제였으나, 우리는 이미 그 전에 그러한 예술을 가졌어야만 옳았을 것이다.

그의 〈오감도〉는 나의 〈소설가 구보씨의 일일〉과 거의 동시에 《중앙

일보》지상에 발표되었다. 나의 소설의 삽화도 '하융(河戎)'이란 이름 아래 이상의 붓으로 그려졌다. 그러나 예기(豫期, 앞으로 닥쳐올 일에 대하여 미리 생각하고 기다림)하였던 바와 같이 〈오감도〉의 평판은 좋지 못하였다. 나의 소설도 일반대중에게는 난해하다는 비판을 받았지만, 그의 시에 대한 세평은 결코 그러한 정도의 것이 아니었다. 신문사에는 매일같이 투서가 들어왔다. 그들은 〈오감도〉를 정신이상자의 잠꼬대라 하고 그것을 게재하는 신문사를 욕하였다. 그러나 일반 독자뿐이 아니다. 비난은 오히려 사내에서도 커서 그것을 물리치고 감연(敢然, 과단성 있고 용감함)히 나가려는 상허의 태도가 내게는 퍽 민망스러웠다. 원래 약 1개월을 두고 연재할 예정이었으나 그러한 까닭으로 이상은 나와 상의한 뒤 오직 십 수 편을 발표하였을 뿐으로 단념하지 않으면 안 되었다. 그러나 당시 이상이 느낀 울분(鬱憤, 답답하고 분함)은 제법 큰 것이어서 미발표대로 남아 있는 '오감도 작자의 말'이라는 것은 다음과 같다.

"왜 미쳤다고들 그러는지. 대체 우리는 남보다 수십 년씩 뒤떨어져도 마음 놓고 지낼 작정이냐. 모르는 것은, 내 재주도 모자라겠지만 게을러 빠지게 놀고만 지내던 일도 좀 뉘우쳐 봐야 하는 거 아니냐. 여남은 개쯤 써보고서 시 만들 줄 안다고 잔뜩 믿고 굴러다니는 패들과는 물건이 다르다. 2천 점에서 30점을 고르는 데 땀을 흘렸다. 31년, 32년 일에서 용대가리를 떡 꺼내어놓고 하도 야단해서 뱀 꼬랑지는커녕 쥐 꼬랑지도 못 달고 그만두니 서운하다. 깜박 신문이라는 답답한 조건을 잊어버린 것도 실수지만 이태준, 박태원 두 형이 끔찍이도 편을 들어준 데는 절한다. 첨(籤)—이것은 내 새 길의 암시요, 앞으로 제 아무에게도 굴하지 않겠지만 호령하여도 에코—가 없는 무인지경은 딱하다. 다시는 이런 — 물론 다시는 무슨 다른 방도가 있을 것이고, 우선 그만둔다. 한동안 조용하게 공부나 하고 딴은 정신병이나 고치겠다."

그러나 〈오감도〉를 발표하였던 것은 그로서 아주 실패는 아니었다. 그는 일반대중의 비난을 받았지만 그것으로 인해, 물론 소수이기는 해도 자기 예술의 열렬한 팬을 이때 이미 확실히 획득하였다고 할 수 있다.

그 뒤로도 그는 또 수 편의 시와 산문을 발표하였으나 평판은 역시 좋지 못하였다.

문단적으로 그가 일개 작가로 대우를 받게 된 것은 작년 9월호《조광》에 실렸던 〈날개〉에서부터가 아닌가 한다. 최재서 씨가 그에 대하여 이미 호의 있는 세평(細評, 자세한 비평)을 시험하였으므로 이곳에서 다시 말하지 않겠지만, 〈날개〉 1편은 이렇든 저렇든 우리 문단에 있어 문제의 작품으로 모든 점에 있어 미완성임에도 불구하고, 우리가 우리의 문학을 논의할 때 반드시 들어 말하지 않으면 안 될 〈소설〉이다. 그러나 그는 그 독특한 경지를 개척하여 놓았을 뿐으로 요절하고 말았다. 영원한 미완성품인 채 그는 지하로 돌아갔다.

이상이 동경으로 떠나기 전 정인택에게 했다는 말을 들어보면 그는 이제 다시는 〈오감도〉나 〈날개〉 같은 작품을 쓰는 일 없이 오로지 정통적인 시, 정통적인 소설을 제작하리라고 하였다지만, 만약 그것이 그의 정말 마음의 고백이라면 〈오감도〉나 〈날개〉 부류에 속할 작품만을 남겨 놓은 채 돌아간 그는 지하에서도 눈을 감지 못할 것이다. 그러나 그것은 어떻든 간에, 우리가 이상의 작품을 이해하려면 먼저 그의 위인(爲人, 사람의 됨됨이)과 생활을 알지 않으면 안 된다.

'괴팍한 사람이다'는 것은 그에 대한 나의 첫인상이거니와 물론 그렇게 단순한 것은 아니었어도 역시 '괴팍'하다는 형용(形容, 용모 또는 생김새)만은 절대 그르지 않은 듯싶다.

일찍이 《여성》지에서 내게 '문단기형 이상론'에 관해서 청탁해왔을 때, 물론 그 문자가 아무렇지도 않은 그에게는 그다지 유쾌하지 않았겠지만, 세상이 자기를 문단의 기형으로 대우하는 것에 스스로 크게 불만은 없었던 듯싶다. 그러나 그 이상론은 발표되지 않은 채 편집자가 갈리고 그러는 사이 원고조차 분실되어 나는 그때 어떠한 말을 하였던 것인지 적역(的歷, 또렷하고 분명함)하게 기억하지 못하고 있다. 그러나 하여튼 차점(茶店, 다방) 〈플라타ㅡ느〉에 앉아서 당자(當者) 이상을 앞에 앉혀놓고 그것을 초(草)하여 돈을 벌려면 마땅히 부지런하여야만 하는 것을, 이상은 너무나 게을러서,

"그래 언제든 가난하다."

는 구절에 이르러 둘이 소리를 높여 서로 웃던 것만은 지금도 눈앞에 또렷하다.

사실 이상의 빈궁은 너무나 유명하였다. 그리고 그것은 대부분 그의

도저히 구할 길 없는 게으름에서 기인하는 것이었다.

〈제비〉가 차차 경영 곤란에 빠졌을 때, 어느 날 그의 모교 상공에서 전화로 그를 부른 일이 있다. 당시 신축 중이던 신촌 이화여전 공사장에 현장감독으로 가볼 의향의 있고 없음을 물은 것이다.

"하루에 1원 50전이랍니다. 어디 담뱃값이나 벌러 나가 볼까 보오."

그리고 이튿날 도시락을 싸서 신촌으로 갔지만, 그다음 날은 다시 〈제비〉 뒷방에서 언제나 한가지로 늦잠을 잤다.

"거, 참 못하겠습디다. 벌이도 시원치 않지만, 나 같은 약질은 어디 그런 일 견디어 나겠습니까?"

그것은 사실이다. 그의 가난은 이렇게 그의 허약한 체질과 수년 째 이어져 온 절제 없는 생활이 가져온 불(不)건강으로 말미암아 오는 것이었다. 그러나 기실 그의 철저한 게으름을 들어 논하지 않으면 안 될 일이다. 집주인이 점방을 내어달라고 지방법원에 소송을 제기하였을 때도 오전 9시에 대어 일어나는 재주가 없어 가장 불리한 결석판결을 받고 말았으니 말이다.

현재 〈뽀스톤〉의 전신 〈69·씩스나인―〉을 오직 시작하였을 뿐으로 남에게 넘겨버리고 〈제비〉에 또한 실패한 이상은 그래도 단념하지 않고 명치정(明治町, 지금의 서울 명동)에다 〈무기〉라는 다방을 또 만들어 놓았다. 그곳의 실내장식에는 〈제비〉의 것보다도 좀 더 이상의 '괴팍한 취미' 내지 '악취미'가 나타나 있었다. 결코, 다른 다점에는 통용되지 않는 괴이한 형상의 다탁(茶卓)이며, 사면 벽에 그림이나 사진을 걸어놓는 대신 '루나—르(쥘 르나르, 프랑스의 시인이자 소설가)'의 《전원수첩》에서 몇 편을 골라 붙여놓는 등 일반 선량한 끽다점(喫茶店, 차나 음료를 파는 가게) 순방인의 기호에는 절대 맞지 않는 것이었다.

'악취미'로 말하자면 〈69〉와 같은 온건치 않은 문구를 공연하게 다점의 옥호(屋號, 가게 이름)로 사용한 이상(以上)의 것은 없을 것으로, 그 주석을 나는 이 자리에서 말하지 않거니와 모르는 사람이 고개를 기웃거리며,

"69? 육구? 육구라…… 하하, 육.구.리. 놀다 가란 말인 게로군."

이라고 라도 하면, 그는 경우에 따라 냉소도 하고 홍소(哄笑, 입을 크게 벌려 소리 높여 웃음)도 하였다. 그렇기로 말하면 그에게는 변태적인 곳이 적지 아니 있었다. 그것은 그의 취미에 있어서나 성행(性行, 행실)에 있어서만이 아니라 그의 인생관, 도덕관, 결혼관, 그러한 것에 있어서도 우리는 보통 상식인과의 사이에 적지 않은 현격(懸隔, 차이가 매우 심함)을 깨닫지 않으면 안 된다. 그러나 그의 사상을 명백하게 안다고 나설 사람은 그의 많은 지우(知友) 중에도 혹은 누구 하나라도 없을 것이다. 그의 참마음을 그대로 그의 표정이나 언동(言動, 말과 행동) 위에서 우리는 포착하기가 힘들다.

이상은 사람과 때와 경우에 따라 마치 카멜레온과 같이 변한다. 그것은 천성보다도 환경에 의한 것이다. 그의 교우권(交友圈, 교제 범위)이라 할 것은 제법 넓은 것이어서, 물론 그 친소(親疎, 친밀함과 소원함)와 심천(深淺, 깊음과 얕음)의 정도는 다르지만, 한번 거리에 나설 때마다

거의 온갖 계급의 사람과 아는 체 하지 않으면 안 된다. 그래, 그는 '하울 (夏鬱)'이라는 그러한 몽롱한 것 말고 희로애락과 같은 일체의 감정을 솔직하게 표현하지 않는 것에 어느 틈엔가 익숙하여졌다. 나는 이 앞에서 변태적이라는 문자를 사용하였거니와 그것은 이상에게 있어서는 그 문자가 흔히 갖는 그러한 단순한 것이 아니고 좀 더 그 성질이 불순한—? —것이었다. 가령, 그는 온건한 상식인 앞에서 기탄없이 그 독특한 화술로써 일반 선량한 시민으로서는 규지(窺知, 엿보아 앎)할 수 없는 세계의 비밀을 폭로한다. 그러나 그는 그것을 이야기하고 싶은 행동을 느껴서가 아니라 실로 그것을 처음 안 순사(純士)들이 다음에 반드시 얼굴을 붉히고 또 아연하여 할 그 꼴이 보고 싶어서인 듯싶다.

사실 이상은 한때 상당히 발전하였던 외입쟁이로 그러한 방면에 놀라운 지식을 가졌다. 그것은 그의 유고(遺稿, 죽은 사람이 생전에 남긴 원고) 중에도 한두 편 산견(散見, 여기저기 보임)되나 기생이라든가, 창부라든가, 그러한 인물을 취급하여 작품을 쓴다면 가히 외국 문단에서도 대적할 사람이 없을 것이다. 다만, 그러한 점만으로도 조선 문단이 이상을 잃은 것은 가히 애석하여 마땅한 일이나, 그는 그렇게 계집을 사랑하고, 술을 사랑하고, 벗을 사랑하고, 또 문학을 사랑하였으면서도, 그것의 절반도 제 몸을 사랑하지 않았다.

이상이 아직 서울에 있을 때 하룻저녁 지용(시인 정지용)이 그와 함께 한강으로 산책하러 나가, 문득 그의 건강을 염려한 나머지,

"여보, 상허를 본받으시오. 상허의 반만큼만 몸을 아끼시오."

라며 간곡히 충고하였다는 말을 나중에 들었거니와, 그와 가까운 벗은 모두 한두 번쯤은 그에게 그러한 종류의 말을 할 것을 잊지 않았었다. 이상보다 20일 앞서 돌아간 김유정 역시 자기 자신 병고에 허덕이면서도 몇 번이나 이상의 불규칙하고 또 아울러 비위생적인 생활에 대하여 간절하게 일러준 바 있었다.

아직 동경에서 그의 미망인이 돌아오지 않았고, 또 자세한 유언도 별로 없어 그가 죽던 당시의 주위와 사정은 물론 그의 병명조차 적확하게는 모르고 있으나 역시 폐가 나빴던 모양으로 그 점은 김유정과 같다. 그러나 유정이 죽기 바로 수일 전까지도 기어코 병을 정복하고 다시 일어나려 끊임없는 노력을 아끼지 않던 것에 비겨 이상은 전에도 혹간(或間, 간혹) 절망과 같은 의사 표시가 있었고, 동경에 간 뒤에도 사망하기 수개월 전에 이미 〈종생기〉와 같은 작품을 써 보낸 것을 보면, 이상의 이번 죽음은 이름을 병사(病死)에 빌었을 뿐이지 그 본질에 있어서는 역시 일종의 자살이 아니었는지―그러한 의혹이 농후하여진다.

그러나 이제 와서 그런 것을 새삼스레 문제 삼아 무엇 하랴. 이상은 인제 영구히 돌아오지 않고, 이상이 없는 서울은 너무나 쓸쓸하다.

-1937년 6월 《조광》 3권 6호

스물네 살의 문학청년 이상은 요양차 갔던 황해도의 한 온천에서 금홍이라는 여인을 만나 함께 서울로 온다. 그리고 얼마 후 종로에 〈제비〉라는 다방을 연다. 이곳에 당시 우리 문단을 주름잡던 이태준, 박태원, 김기림 등이 출입하면서 이상과 문단 인사들의 교우(交友, 벗을 사귐)가 시작된다. 그의 대표작 〈날개〉와 〈오감도〉 역시 그곳에 있는 골방에서 써졌다. 하지만 〈제비〉는 2년여 만에 문을 닫고 말았다. 그의 유일한 탈출구가 사라진 것이다.

이상은 게을렀다. 기실, 그것이 〈제비〉가 문을 닫을 수밖에 없었던 이유이기도 했다. 박태원의 말이 이를 증명하고 있다.

> "그의 가난은 이렇게 그의 허약한 체질과 수년 째 이어져 온 절제 없는 생활이 가져온 불(不)건강으로 말미암아 오는 것이었다. 그러나 기실 그의 철저한 게으름을 들어 논하지 않으면 안 될 일이다. 집주인이 점방을 내어달라고 지방법원에 소송을 제기하였을 때도 오전 9시에 대어 일어나는 재주가 없어 가장 불리한 결석판결을 받고 말았으니 말이다."

이상과 박태원, 그리고 소설가 정인택의 우정은 너무도 유명했다. 그들은 당대 최고의 엘리트였지만 식민지 출신의 가난한 글쟁이라는 현실에서 벗어날 수 없었다. 이에 낮에는 극장을 찾아가 영화 속에 그려진 서양을 동경하고, 밤에는 옷을 전당포에 잡혀가면서 술을 마시는 것이 그들의 보편적인 일상이었다.

주목할 점은 그들이 한 명의 여인을 서로 좋아했다는 것이다. 이상이 운영하던 찻집에서 일하던 권영희라는 여성이었다. 그녀는 처음에는 이상과 애인 관계였지만, 정인택이 연모한 나머지 자살 소동을 벌이자 그와 결혼식을 올린다. 이때 이상은 옛 애인과 친구의 결혼식 사회를 보는 파격을 보이기도 했다. 그러나 얼마 후 이상이 일본에서 돌연 사망하고, 벗이 없는 서울은 외로웠는지 박태원과 정인택은 월북을 택하고 만다. 그리고 얼마 안 가 정인택이 죽자, 박태원과 권영희는 재혼을 한다.

또 하나 재미있는 사실이 있다. 박태원이 결혼할 때 이상이 방명록에 적은 글이다. 그는 다음과 같이 적었다고 한다.

'면회거절 반대! 결혼은 즉, 만화(慢畵)임이 틀림없고, 만화의 실연(實演)임이 틀림없다. 만화 실연의 진지미(眞摯味, 마음 쓰는 태도나 행동 따위가 참되고 착실함)는 또다시 만화로 윤회한다.'

특이한 것은 이때 그가 자신의 이름을 '以上'으로 적었다는 것이다. 어떤 의도가 있었는지는 모르겠지만, 그의 독특한 성격을 엿볼 수 있다.

이상은 시대를 앞서간 사람이었다. 그로 인해 자신의 마음을 이해하지 못하는 사람들과 현실에 대해서 매우 안타까워했다.

"왜 미쳤다고들 그러는지. 대체 우리는 남보다 수십 년씩 뒤떨어져도 마음 놓고 지낼 작정이냐. 모르는 것은, 내 재주도 모자라겠지만 게을러 빠지게 놀고만 지내던 일도 좀 뉘우쳐 봐야 하는 거 아니냐."

— 이상, 〈오감도 작자의 말 중에서〉

소설의 개념을 깨뜨리다

그는 현실을 인식하지 못한 것이 아니라 도리어 너무도 알알이 인식하였기 때문에 그 가치를 적어도 그의 예술에서는 대수롭지 않게 생각하였던 것입니다. 우리는 이상의 예술을 말할 때 이 모티브를 떠나서는 말할 수 없고, 따라서 이 근본정신을 염두에 두지 않으면 그의 소설은 결국 어린아이의 말장난이나 미친 사람의 헛소리로밖에는 들리지 않을 것입니다.

나는 李箱의 소설을 대단히 좋아합니다. 따라서 그의 소설에 관하여 친구와 이야기하거나 글로 쓰는 것도 내게 있어선 한 즐거운 일이올시다. 그러나 그 이야기를 이 추도회 석상에서 하게 되었다는 것은 천만뜻밖의 일인 동시에 대단히 거북하고 슬픈 일이올시다.

나는 변변치 못한 몇 마디 말로써 고인에 대한 경애와 추억의 뜻을 표하고자 합니다.

나는 이상을 알기 전에 그의 소설을 먼저 읽었습니다. 그리고 이것은 일종의 실험적 소설이라고 생각하였습니다. 나는 문단 상식과는 거리가 먼 그의 소설에 놀라면서도 그 예술적 실험을 어느 정도까지 신용해야 할지 다소의 의심을 하고 있었습니다. 즉, 이 작가는 이렇듯 괴상한 테크닉을 쓰지 않고서는 자기의 내부 생활을 표현할 수 없는 무슨 절실한 필연성이 있었는가. 혹은 그저 독자의 호기심을 끌기 위한 단순한 손장난이었는가. ─이런 점에 관하여 다소의 의문이 없지 않았습니다.

그러다가 김기림 씨의 《기상도》 출판기념회가 있었던 날, 회(會)가 끝난 뒤에 나는 처음으로 이 작가와 만날 기회를 얻었습니다. 그때 〈영보그릴〉에서 맥주를 나누던 유쾌한 기억은 지금도 이헌구, 정지용, 김기림, 김광섭, 최정희, 오희병 제군의 가슴 속에 살아 있으리라고 믿습니다.

처음 보는 이상의 보헤미안 타입의 풍모와 시니컬한 웃음과 기지(機智, 재치 있음) 활발한 스피치에 나는 또다시 놀라지 않을 수 없었습니다. 나는 이 모든 것이 결코 인위적인 포즈가 아니라는 것을 알 수 있었습니다. 이 이상(以上) 더 그 사람의 과거와 현재의 내부 생활로 들어갈 수는 없었지만, 하여튼 그와 이야기하고 있는 중에 그가 우리들의 온량한 생활은 벌써 예전에 졸업하였다는 것, 따라서 그는 상식에 싫증이 났다는 것, 그리고 결코 순탄스러워 보이지 않는 생활 가운데서도 문학적 에스프리(Esprit, 자유분방한 정신작용)를 잃지 않고 있다는 것 등을 나는 알 수 있었습니다. 오전 두 시 이후의 종로 일대에 관한 체험만 해도 나에겐 놀라운데, 더군다나 그 시니컬한 웃음엔 눈을 둥그렇게 뜰 일이었습니다.

결국, 이상이 실험적인 테크닉으로써 기괴한 인물을 그린다는 것은 단순한 지적 유희이거나 불순한 인기책이 아니라 고도로 발달한 그의 지적 생활에서 솟아나는 필지(必至, 앞으로 반드시 그에 이르게 됨)의 소산이었다는 것, 따라서 그의 예술적 실험은 그의 기막힌 생활이 갖추고 나설 표현 형식을 탐구하는 노력의 결과라는 것을 나는 안심하고 결론을 내릴 수 있었습니다.

그러면 이상의 소설은 어떤 점에 있어서 실험적이냐? 간단히 소감을 말하여 보겠습니다.

첫째, 그의 소설은 소설의 전통적 요소를 갖고 있지 않습니다. 우리가 소설이라면 으레 요구하는 성격 묘사라든가 플롯 같은 것을 그의 소설은 전혀 가지고 있지 않습니다. 〈날개〉의 주인공에게 특징이 있다면 무성격이 특징이겠고, 또 그 소설에는 독자의 흥미를 끌고 갈 만한 이야깃거리가 없습니다. 그가 〈날개〉나 〈동해〉나 혹은 〈종생기〉에서 쓰려고 한 것은 외부에 나타난 행동과 생활이 아니라 한 개인의 심리의 동태(動態, 움직이거나 변하는 모습)였습니다. 그의 소설에 비상한 물건과 사건이 나타나긴 하지만 그것은 인물의 심리를 나타내기 위한 암호나 축문에 지나지 않고, 전통적 소설에 있어서와 마찬가지로 그 물건이나 사건 그 자체에 의미와 흥미가 있는 것은 아니올시다.

둘째, 그렇다면 그의 소설은 너무도 주관적이 아니냐는 의문이 생길 수 있을 것입니다. 과연, 그렇습니다. 그의 소설에는 주관적일 뿐만 아니라 실로 주관과 객관의 구별을 가리지 않는 곳이 많이 있습니다. 예를 들면, 〈날개〉 주인공의 올빼미와 같은 생활이라든지 혹은 〈동해〉에 있어서의 비논리적인 시간관념이라든지 — 이 모든 것은 꿈과 현실의 혼동이라고 할 수밖에 없습니다. 그는 〈동해〉에서 다음과 같이 놀라운 고백을 하였습니다.

"나는 울창한 삼림(森林) 속을 진종일 헤매고 끝끝내 한 나무의 인상 (印象)을 훔쳐 오지 못한 환각(幻覺)의 인(人)이다. 무수한 표정의 말뚝 이 공동묘지처럼 내게는 똑같아 보이기만 하니 멀리 이 분주한 초조(焦 燥)를 어떻게 점잔을 빼어서 구하느냐."

셋째, 그러나 그렇다고 해서 이상에게 현실과 꿈을 식별하는 능력이 없었다고 말한다면 그것은 웃을 일이올시다. 그는 현실을 인식하지 못 한 것이 아니라 도리어 너무도 알알이(한 알 한 알마다) 인식하였기 때문 에 그 가치를 적어도 그의 예술에서는 대수롭지 않게 생각하였던 것입 니다. 〈날개〉에서 금전과 상식과 도덕을 거의 매도하다시피 풍자한 것을 보면 그의 예술의 모티브가 나변(那邊, 그곳 또는 거기)에 있는가를 짐작 할 수 있을 것입니다. 우리는 이상의 예술을 말할 때 이 모티브를 떠나서 는 말할 수 없고, 따라서 이 근본정신을 염두에 두지 않으면 그의 소설은 결국 어린아이의 말장난이나 미친 사람의 헛소리로밖에는 들리지 않을 것입니다.

여기서 쉬르레알리슴(Surrealism, 초현실주의)을 어떻게 이해하고 또 어느 정도까지 의식적으로 그것을 응용하였는지를 모르는 나로서는 뭐 라 단정할 수 없습니다.

마지막으로, 그의 작품에 소설이라는 명칭을 허가해도 좋으냐는 질문 이 당연히 있을 것입니다. 왜냐하면, 그의 소설은 소설이라기보다는 도 리어 시에 가깝기 때문입니다. 사실상 시와 소설을 결합하였다는 것은 이상 소설의 가장 특이한 점이며 또 그의 실험 중 가장 중요한 점이라고 생각합니다. 우리는 그의 소설을 읽어가다가 다만 이따금 몇 줄의 시를 발견할 뿐만은 아닙니다. 그 작품을 창작한 에스프리 — 그 자체가 벌써 산문적이라기보다는 시적이올시다. 그리고 그의 문학적 에스프리는 늘 현실의 사말(些末, 자질구레하여 중요하지 아니한 것)한 속박을 벗어나서 자유의 세계로 날아가려는 자세를 보입니다. 〈동해〉 가운데 다음 같은 일절(一節)이 있습니다.

"나는 바른대로 말하면 애정 같은 것은 희망하지도 않는다. 그러니까 내가 결혼한 이튿날 신부(新婦)를 데리고 외출했다가 다행히 길에서 그 신부를 잃어버렸다고 하자. 내가 그럼 밤잠을 못 자고 찾을까?

그때 가령 이런 엄청난 글발이 날라 들어왔다고 나는 은근히 희망한다.

"소생이 모월 모일 길에서 주운 바, 소생은 귀하의 신부임이 확실한 듯하기에 통지하오니 찾아가시오."

그래도 나는 고집을 부리고 안 간다. 발이 있으면 오겠지 하고 나의 염두(念頭, 마음속)에는 그저 왕양(汪洋, 미루어 헤아리기 어려움)한 자유가 있을 뿐이다."

"나의 염두에는 그저 왕양한 자유가 있을 뿐이다."

이 한마디 시를 아무 주저 없이 토할만한 작가가 현재 우리나라 문학계에 몇 사람이나 될까? 나는 묻고 싶습니다. 그 아나크로니스틱(시대착오적인)한 이념에 있어서가 아니라 그 방약무인(傍若無人, 어려워하거나 삼가는 태도가 없이 무례하고 건방진)한 대담성에 있어서 말입니다.

그러니 그의 소설은 소설이 아니라 시라고 한다고 해도 무방할 듯합니다. 그러나 소설이 전통적 형식을 깨뜨리고 모든 실험을 거듭하고 있는 현대에 있어 이상의 작품에 소설이란 명칭을 거절한 이유도 발견하기 어렵지 않은가 생각합니다.

이상의 예술은 미완성입니다. 이 미완성이라는 데는 두 가지 의미가 있습니다. 즉, 그의 예술은 성질 그 자체부터가 미완성이라는 의미와 함께 그가 일하던 중 세상을 떠나버렸다는 것입니다.

그는 어떤 완성된 형식 안에다가 자기의 주장을 집어넣으려는 전통적 작가가 아니라 현대 문명에 파양(破壤, 깨뜨려짐)되어 보통으로는 도저히 수습할 수 없는 개성의 파편 파편을 추려다가 거기에 될 수 있는 대로 리얼리티를 주려고 해서 여러 가지 테크닉의 실험을 하여 본 작가올시다. 그의 작품이 이런 타입의 소설로서 어느 정도까지 완성한다고 하더라도 전통적 소설 개념을 가지고 본다면 그것은 언제든지 미완성적이고 또 유치해 보일 것입니다. 그나마도 그는 그 실험을 더 발전시키지 못하고 또 외부의 충분한 비판을 받을 일이 없이 이 세상을 떠나고 말았습니다. 그의 예술이 미완성이라는 것은 어느 점으로 보나 피치 못할 운명이라 하겠습니다.

그렇다고 해서 우리는 그가 남기고 간 일에서 가치를 간과할 수는 없습니다. 시대의 비난과 조소를 받는 인텔리의 개성 붕양(崩壤, 무너짐)

에 표현을 주었다는 것은 일개의 시대적 기록으로서 가치가 있을 뿐만 아니라 이 혼란한 시대에 있어서 지식인이 살아나갈 방도에 대하여 간접적이나마 암시와 교훈을 주는바 또한 적지 않다고 생각합니다.

또한, 자칫하면 상식과 저조(低調, 활동이나 감정이 왕성하지 못하고 침체함)에 빠지기 쉬운 우리 문단에 비록 어그러진 형식에 있어서나마 지적 관심을 환기하였다는 것은 그가 남기고 간 커다란 공적 중 하나라고 생각합니다. 그의 소설이 독자에게 구수한 흥미를 주지 못하는 것은 사실이지만, 우리는 문학에서 흥미만을 요구하는 것은 아닙니다.

우리가 경애하고 갈망하던 작가 이상은 멀리 객리(客裡, 여행 중)에서 쓸쓸히 이 세상을 떠났습니다. 비록 양으로는 적으나마 그가 남기고 간 예술의 진의(眞意)를 해명하고 또 그 정신을 살려 가는 것은 우리가 마땅히 할 일이라고 생각합니다. 이 점에 관해서는 나는 그의 유족과 또 그와 친교가 있었던 문단 제씨에게 파란 많은 그의 생활의 기록이 하루바삐 우리에게 보여주시기를 절망(切望, 간절히 바람)하는 바이올시다.

끝으로, 고인(故人) 이상의 명복을 길이길이 비옵나이다.

* 윗글은 부민관에서 열린 故 김유정, 이상 추모회에서 강연한 내용을 그대로 실은 것입니다.

-1937년 6월 《조선문학》 제13호

최재서는 근대 문학비평을 논하는 데 있어 빠질 수 없는 비평가다.

1908년 황해도 해주에서 태어난 그는 경성제이고보를 거쳐 1931년 경성제대 영문과와 대학원을 졸업한 후 조선인 최초로 강사에 발탁되기도 했다.

흄·엘리엇·리드 등의 문학 이론을 국내에 소개하기도 했던 그는 비평의 학문화 모델, 또는 강단비평(講壇批評, 대학 문과 계통의 아카데믹한 지적 소양을 토대로 한 비평으로서, 특히 대학 소속 연구자들에 의한 학적 비평을 말함)의 원조로 평가되고 있다. 또한, 이전까지 문단의 대세로 자리 잡고 있던 인상주의 비평에서 벗어나 신고전주의를 중심으로 한 주지주의 비평을 시도, 비평계의 지평을 넓혔을 뿐만 아니라 해박한 영문학 지식을 바탕으로 셰익스피어 연구에도 적지 않은 공을 세웠다. 하지만 지나친 친일 행적으로 인해 그 빛이 바래고 말았다. 친일문학단체인 〈조선문인협회〉 설립에 가담했을 뿐만 아니라 일본어로 친일 평론을 다수 발표하는 등 친일에 적극적으로 가담했기 때문이다. 그래서인지 해방 후에는 일체 문단 활동을 하지 않고 문학 연구에만 몰두했다.

밥이 사람을 잡아먹었다

유정은 단지 원고료 때문에 소설을 쓰고, 수필을 썼던 것이다. 4백 자 한 장에 대돈 50전아라를 받는 원고료를 바라고, 그는 피 섞인 침을 뱉어가면서도 소설을, 수필을 쓰지 않을 수 없었던 것이다. 이렇게 해서 쓴 원고의 원고료를 받아서 그는 밥을 먹었다. 그러다가 유정은 죽었다. 그러나 이것이 어디 사람이 밥을 먹은 것이냐? 버젓하게 밥이 사람을 잡아먹은 것이지!

나는 문필(文筆)의 요술을 부리자는 것이 아니다. 피사의 사탑이 확실히 과학이요, 요술이 아니듯이 이것도 버젓한 '사실'이다.

폐결핵 제3기의 골골하던 우리 유정이 죽은 것이 바로 그것이다.

유정이 병을 초기에 잡도리해서 낫지 못하고 닥치는 대로 할 수 없이 내맡겨 3기에까지 이르게 된 것은 가난한 탓도 있다. 더구나 그를 불시에 죽게 한 것은 더욱 그렇다.

폐를 앓는 사람이 좋은 음식을 먹고, 좋은 약을 먹으면서, 좋은 곳에 누워 몸과 마음을 다 같이 쉬어야 한다는 것은 상식으로 되어 있다.

우리 유정도 그랬어야 할 것이요, 또 그리하고 싶었을 것이다. 그러나 그는 그와 아주 반대로 영양이 아니 되는 음식을 먹었고, 약이라고는 아주 고약한 ××위산(胃散)을 무시로 푹푹 퍼먹었을 뿐이다. 성한 사람도 병이 날 일이다. 그러면서도 그는 소설이라는 것을 썼다. 소설이라는 독약! 어떤 노력보다도 더 많이 몸이 지치는 소설 쓰기! 폐결핵 3기를 앓는 사람이 소설을 쓰다니, 의사가 안다면 기색(氣塞, 심한 흥분이나 충격으로 호흡이 일시적으로 멎음)할 일이다.

유정도 그것이 얼마나 병에 해로운지야 잘 알고 있었다. 그러면서도 그는 소설을 쓰지 않을 수 없었다. 그것은 창작욕도 아니요, 자포자기도 아니었었다. 그는 창작욕쯤 일어나더라도 누를 수 있었고, 자포하기는 커녕 생명에 대해서 굳센 애착을 자신과 한가지로 갖고 있었다.

유정은 단지 원고료 때문에 소설을 쓰고, 수필을 썼던 것이다. 원고료! 4백 자 한 장에 대돈 50전야(也, 금액을 나타나는 조사)라를 받는 원고료를 바라고, 그는 피 섞인 침을 뱉어가면서도 소설을, 수필을 쓰지 않을 수 없었던 것이다. 이렇게 해서 쓴 원고의 원고료를 받아서 그는 밥을 먹었다. 그러다가 유정은 죽었다. 그러나 이것이 어디 사람이 밥을 먹은 것이냐? 버젓하게 밥이 사람을 잡아먹은 것이지!

도향(稻香, 소설가 나도향), 서해(曙海, 소설가 최서해), 대섭(大燮, 소설가 심훈의 본명) 다 아깝고 슬픈 죽음들이다. 그러나 유정같이 불쌍하고 한이 사무치는 죽음은 지금까지 없었다. 유정이야말로 문단의 원통한 희생이다.

지금 조선은 가난하다. 그래서 너나없이 고생하고 비참히 굳기는 사람이 유로 셀 수 없이 많다. 그러나 다 같이 문화의 일부분을 떠맡고 있는 가운데도 문단인(文壇人)처럼 고생하는 사람은 없다.

문단인은 '홍보(興甫, 《홍부전》의 홍부를 말하는 것으로 추정)'가 아니다. 종족을 표현하는 것은 '나치스적으로 말고' 예술 그중에도 문학이다. 인류 진화사상 종족이 별립(別立, 따로 떨어져 서 있거나 세움)되어 있는 그 날까지는 한 실재(實在, 실제로 존재함)요, 따라서 표현이 되어야 할 것이다. 완고한 종족지상주의자도 귀를 잠깐 빌려 다음 말을 몇 구절 들으라.

폴란드를 지탱한 것은 자 코사크나 정치가가 아니다. 폴란드 말로 된 문학이요, 작가들이다.

지금 조선에 문화적으로 종족적 특색을 가진 것이 있다면 문학밖에 더 있느냐? 그렇건만 작가는 가난하다 못해 피를 토하고 죽지 아니하느냐!

아무리 빈약하더라도 지금 조선의 작가들이 일조(一朝, 하루아침)에 붓을 꺾고 문학을 버린다면, 조선의 적막한 품이야 인구의 반이 준 것보다 더하리라는 것을 생각이나 하는 사람이 있는가 싶다.

제2의 유정은 누구며, 제3의 유정은 누구뇨? 비록 이름은 나서지 아니해도 시방 착착 준비는 되어 가리라! 밥이 사람을 먹으려고.

- 1937년 《백광》 5월호

가난하고 배고팠던 시절 작가들의 원고료에는 으레 '쥐꼬리'란 수식어가 붙곤 했다. 이 같은 사정은 지금도 마찬가지다. 원고료만 갖고는 도저히 생활이 안 되기 때문이다. 그러니 원고료라는 개념조차 희박했던 김유정과 채만식이 살았던 시대에는 과연 어떠했겠는가.

두 사람은 걸어온 길이 서로 달랐다. 형의 가산 탕진으로 인해 항상 가난에 시달렸던 김유정은 병상에 누워 신음하면서도 쉬지 않고 글을 썼다. 4백 자 한 장에 50전의 원고료를 받기 위해 그는 피 섞인 침을 뱉어가며 소설과 수필 쓰기를 멈추지 않았다. 그렇게 해서 쓴 원고의 원고료를 받아서 그는 밥을 먹고 약을 사 먹었다. 그 정도로 가난하고 비참한 삶을 산 것이다. 스물아홉이라는 생애에 비춰 그의 작품 수가 유난히 많은 것도 다 그런 이유 때문이다.

그와 달리, 채만식은 부유한 농촌 지주였던 아버지 덕분에 한때 서울과 도쿄에서 유학생활을 하기도 했다. 그러나 집안 몰락 후 학업을 중단한 채 생계를 위해 여기저기서 잠깐씩 일하며 작품을 써 나간다. 문제는 그가 한때 친일소설을 썼다는 것이다. 비록 해방 이후 자신의 잘못을 인정하기는 했지만, 이는 그의 삶에 있어서 치명적인 아킬레스건이 되고 말았다.

"남들은 나를 친일한 사람이라고 외면하고 손가락 짓을 하는 것을 보고 지금 자신을 합리화하고 정당화 켜 말한다고 할지 모른다. 하지만 나는 지겨운 가난과 싸우며 처자식의 생계를 위해, 쌀 한 줌을 얻기 위해 친일의 노예가 되어 추악하고 더러운 짓을 한 민족의 죄인이다."

–채만식, 〈민족의 죄인〉 중에서

전문가들에 의하면, 우리 문학사에서 친일작품을 집필한 작가 중 친일에 대해 스스로 인정하고 반성한 이는 그가 유일하다고 한다. 그만큼 그는 자신의 행동에 대해서 부끄러워했을 뿐만 아니라 철저히 반성하기에 이른다.

나 같은 작가 여남은 갖다 주고 다시 물러오고 싶다

세상에 법 없이도 살 사람이 유정임을 절절히 느꼈다. 공손하되 허식이 아니요, 다정하되 그냥 정(情)이요, 유정에게 어디 교만이 있으리오. 그는 진실로 톨스토이(유정의 마지막 일작(逸作) 〈따라지〉의 등장인물로 누이에게 얹혀살며 글을 쓰는 무기력한 존재)였다.

굳긴 유정을, 울면서 나는 그를 부러워한다.

내가 《개벽》사의 일을 보고 일을 때인데, 작품으로 먼저 유정을 알았고, 대하기는 그 뒤 안회남 군을 통해서 얼굴을 본 것이 처음이다. 그 날 안 군을 찾아가 한담을 하노라니까 생김새며 옷 입음새며 순박해 보이는 젊은 사람 하나가 안군한테 농지거리(점잖지 아니하게 함부로 하는 장난이나 농담을 낮잡아 이르는 말)를 하면서 떠들고 들어오더니, 내가 있는 것을 보고 시무룩하기는 해도 기색이 좋지 않은 게 어쩌면 텃세를 하는 눈치 같았다. 그가 유정이었었다.

그러나 실상인즉, 유정은 내 얼굴을 알고 있었다. 그런데 마침 술이 거나한 판에 허물없는 안군에게 터덜거리고 들어오다가, 초면인사도 미처 하지 못한 (명색이) 선배인 내가 있으니까, 제 딴에는 무렴(無廉, 염치가 없음)하기도 하고 해서 조심한다는 것이 신경 애브노멀(abnormal, 비정상적인)한 내게 그런 인상을 주었던 것이다…고, 그 뒤 안군에게서 이야기를 들었다.

과연 그 뒤에 새잡이(어떤 일을 다시 새로 시작함)로 인사를 하고 한번 만나 두 번 만나다 보니 세상에 법 없이도 살 사람이 유정임을 절절히 느꼈다. 공손하되 허식이 아니요, 다정하되 그냥 정(情)이요, 유정에게 어디 교만이 있으리오. 그는 진실로 톨스토이(유정의 마지막 일작(逸作, 뛰어난 작품) 〈따라지〉의 등장인물로 누이에게 얹혀살며 글을 쓰는 무기력한 존재)였다.

나는 유정의 작품을 존경하지는 않았어도 사랑은 했었다. (그것이 도리어 내게는 기쁜 일이었었다) 그러나 인간 유정은 더 사랑했다. 아니, 사랑하고 싶었지만 못했었고, 못한 것은 내가 인간으로서 유정만큼 '성(誠, 진실함)'하지 못하기 때문이다.

나는 서울을 떠나서야 비로소 병든 유정을 찾았다. 나는 내가 무정했음을 뉘우치고 그에게 빌었다. 병 치료에 대해서 구체적으로 유리하고 비용도 절약되는 방법이 있기에 가르쳐주었더니, 그는 바로 회답을 해주었었다. 꼭 그렇게 해보겠노라고 그리고 기어코 병을 정복하겠노라고 약속해주었다.

하지만 유정은 아깝게 그리고 불쌍하게 굳기고 말았다. 될 수만 있다면 나 같은 명색 없는 작가 여남은(열이 조금 넘는 수) 갖다 주고 다시 물러오고 싶다.

김유정과 채만식은 우리 문학에 있어 풍자와 해학의 시금석 역할을 했다. 두 사람은 토속적인 어휘를 통해 암울하기만 했던 시기를 살아가는 대중에게 웃음을 선사했다. 하지만 그 안에는 날카로운 비판과 풍자가 들어 있었다. 그것이 지금까지도 많은 사람에게 그들의 작품이 읽히는 이유이다.

　김유정은 판소리 명창 박녹주를 짝사랑했다. 그래서인지 그의 작품에는 판소리 문체가 유난히 두드러지게 드러나 있다. 그의 작품이 처음부터 끝까지 흥겨운 자진모리장단처럼 여유 있고 해학이 넘쳐나는 것도 바로 그 때문이다. 반면, 풍자적 이야기를 주로 쓴 채만식은 지독한 결벽증을 갖고 있었다. 다른 집에 식사를 얻어먹으러 갈 때면 자신의 숟가락과 젓가락을 따로 챙겼을 정도였으며, 작품을 쓸 때도 원고지를 항상 확인해서 담당 기자가 엄청 까다로워했다고 한다. 또 부유했던 집안의 몰락과 함께 불행한 결혼생활과 가난, 아들의 갑작스러운 죽음, 그리고 질병과 싸워야 했다.

　두 사람은 안회남을 통해 만나게 되었지만, 이후 누구보다도 가깝게 지내며 서로를 걱정하고 아꼈다.

　김유정이 앓아누웠다는 소식을 듣고 정릉 산속에 있는 그를 찾아가 쾌유를 빌었던 채만식. 하지만 그 역시 세월이 흐른 후 김유정과 똑같은 폐결핵으로 죽고 말았다.

당시 김유정이 죽었다는 소식을 들은 채만식은 눈물을 삼키며 속으로 이렇게 외친다.

"될 수만 있다면 나 같은 명색 없는 작가 여남은 갖다 주고 다시 물러오고 싶다."

누구 못지않게 가슴 아팠을 그의 절절한 슬픔과 함께 굴곡진 그의 인생사가 더욱 가슴을 아리게 한다.

벗이라고 하기조차 죄스럽다

> 그는 그만큼이나 남을 대하기 어려워하고 조심스러워했다. 그러나 그것은 그의 타고난 성격만은
> 아닌 듯싶다. 그는 불행에 익숙하였고, 늘 몸에 돈을 지니지 못하였으므로 어느 틈엔가 남에 대하여
> 스스로 떳떳하지 못한 사람이 되었던 것인지도 모른다.

내가 유정과 처음으로 안 것은 그가 그의 제 이작(二作) 〈총각과 맹꽁이〉를 발표한 바로 그 뒤의 일이다. 그러니까 1933년 가을이나 겨울이 아니었던가 싶다.

하룻밤, 그는 회남(소설가 안회남)과 함께 다옥정(茶屋町, 지금의 서울 중구 다동)으로 나를 찾아왔다. 그때 그들은 미취(微醉, 술이 조금 취함)를 띄고 있었다. 그래, 우리가 초면 인사를 할 때 그가 술 냄새가 날 것을 두려워해서 손으로 입을 거의 가리고 말하던 것을 나는 지금도 기억하고 있다.

이를테면, 그러한 것에도 유정의 성격은 그대로 드러나 있었다. 그는 그만큼이나 남을 대하기 어려워하고 조심스러워했다. 그러나 그것은 그의 타고난 성격만은 아닌 듯싶다. 그는 불행에 익숙하였고, 늘 몸에 돈을

지니지 못하였으므로 어느 틈엔가 남에 대하여 스스로 떳떳하지 못한 사람이 되었던 것인지도 모른다.

우리는 한동안 〈낙랑〉에서 곧잘 차를 같이 마셨다. 그리고 세 시간씩 네 시간씩 잡담을 나누었다. 그는 분명히 다섯 시간이고 여섯 시간이고 그곳에 더 있고 싶었음에도, 문득 내게 이렇게 말하곤 했다.

"박 형, 그만 나가실까요?"

그래, 나와서 광교에까지 이르면,

"그럼, 인제 집으로 가겠습니다. 또 뵙죠."

그리고 그는 종로 쪽으로 향했다. 그러나 대부분 얼마 동안 망설이다가 다시 한 바퀴를 휘돌아 〈낙랑〉을 찾는 것이었다.

나중에라도 그것을 알고 그를 책망하면 그는 호젓하게 웃으며 이렇게 말하곤 했다.

"허지만 박 형은 너무 지루하시지 않아요?"

유정은 술을 잘하였다. 그의 병에 술이 크게 해로울 것은 새삼스레 말할 것도 없다. 그러나 그 생활이 외롭고 또 슬펐던 유정은 기회만 있으면 거의 술에 취하였다.

언제나 가난한 그는 또 곧잘 밤을 새워가며 원고를 쓴다.

"김 형, 돈도 돈이지만 몸을 아끼셔야요. 그렇게 무리하면……"

우리는 그런 말을 하는 것이었으나, 그는 몸을 아끼기 전에 우선 그만큼이나 몇 원의 돈이 긴요(緊要, 급히 필요함)하였던 것이다.

그런 유정에게 나는 결코 좋은 벗이 아니었다. 벗이라고 하기조차 죄스럽게 그에게 충실하지 못하였다.

그런 내가 이미 그가 없는 지금에 이르러 영영 아내조차 모르고 가버린 그를, 좀 더 큰 작품을 남길 새도 없이 가버린 그를 애달파하더라도 그에게는 오히려 가소로운 일이 아닌 것이냐?—

- 1937년 《백광》 5월호

김유정은 빼어난 문학작품을 다수 남겼지만, 결혼도 하지 못한 채 스물아홉 살이란 젊은 나이에 생애를 마치고 말았다. 불우하다고 말할 수밖에. 그의 일생에 가장 많은 영향을 미친 사람은 어머니였다. 일곱 살에 어머니를 여읜 그는 평생 어머니를 그리워했다.

그의 소설 〈생의 반려〉를 보면 주인공이 "난 어머니가 보고 싶다"고 소리치는 구절이 있다. 하지만 이는 실상 그의 목소리이기도 했다. 어린 나이에 어머니를 잃은 뒤, 어머니에 대한 그리움에 사무쳐 있었기 때문이다.

안타깝게도 현재 김유정의 손때 묻은 유품은 단 한 점도 남아 있지 않다. 그가 죽자 안회남이 전집을 내준다며 유품을 모아놓은 보따리를 가져간 후 월북해버렸기 때문이다.

이와 관련해서 안회남은 다음과 같이 말한 바 있다.

"유정이 남기고 간 것, 많은 유고와 연애편지 쓰다 둔 것과 일기, 좌우명, 사진, 책 이런 것들을 전부 내가 보관하여 가지고 있는데, 한 가지 없어진 것이 있다. 그것은 다만 한 장 있던 그의 어머니 사진이다."

일곱 살에 어머니를 여읜 김유정은 항상 어머니 사진을 가슴에 넣고 다녔다고 한다. 그렇다면 그 사진 역시 김유정이 가슴에 품고 간 것은 아닐까.

지독한 가난 속에 오직 어둠만 보았을 유정

인사할 때 얼굴에 진정 반가운 빛이 넘치고, 이를테면 '수줍음'을 품은 젊은 여인과 같이 약간 몸을
꼬기까지 하는 것이 지금도 적력(的歷)하게 내 망막 위에 남아 있는 유정의 인상 중 하나다.

작년 5월 하순의 일이었던가 싶다. 당시 나는 몸이 성치 않은 아내를 위
해 잠시 성북동 미륵당(彌勒堂)에 방 하나를 빌렸다. 옹색하기는 지금이
나 그때나 마찬가지여서 나는 모처럼 문밖에 나간 몸으로도 한가로울 수
없이 쌀과 나무를 얻기 위해 밤낮을 도와 〈천변풍경〉 제1회 분을 초(炒,
필요한 부분만 뽑아서 적음)하였다.

원고를 가지고 문안으로 들어와 《조선일보》사 앞에 이르렀을 때 나는
뜻하지 않게 회남과 유정 두 분을 그곳에서 만났다.

"아, 박 형, 안녕하셨에요?"

인사할 때 얼굴에 진정 반가운 빛이 넘치고, 이를테면 '수줍음'을 품은
젊은 여인과 같이 약간 몸을 꼬기까지 하는 것이 지금도 적력(的歷, 또렷
또렷하여 분명함)하게 내 망막 위에 남아 있는 유정의 인상 중 하나다.

우리는 참말 그때 만난 지 오래였다. 그러나 그들에게는 동행이 또 한 분 있었고, 나는 나대로 바빴으므로 잠시 길 위에 선 채 몇 마디 말을 나누고는 그대로 헤어졌다.

그러한 뒤 며칠 지나 일찍이 내게 서신을 보낸 일이 없는 유정에게서 다음과 같은 엽서가 왔다.

날사이 안녕하십니까.

박 형! 혹시 요즘 우울하시지 않으십니까? 《조선일보》사 앞에서 뵈었을 때 형은 마치 딱한 생각을 하는 사람의 풍모였습니다. 물론 저의 어리석은 생각에 지나지 않을 것이나, 만에 일이라도 그럴 리가 없기를 바랍니다.

제가 생각건대, 형은 그렇게 크게 우울하실 필요는 없을 듯싶습니다. 만일 저에게 형이 지니신 그것과 같은 재질이 있고, 명망이 있고, 전도가 있고, 그리고 건강이 있다면 얼마나 행복일는지요. 5, 6월호에서 형의 창작을 못 봄은 너무나 섭섭한 일입니다. 〈거리〉, 〈악마〉의 그다음을 기다립니다.

-김유정 재배(再拜)

그날의 나는 그가 지적한 바와 같이 우울한 얼굴을 하고 있었을지도 모른다. 제작 후의 피로가 있었고 또 그 작품은 청탁을 받은 원고가 아니었으므로 그날 즉시 고료를 받아 오는 것에 성공할지 못할지 그러한 것이 자못 마음에 걱정이었던 것이다.

그러나 나의 요만한 '우울'이 유정의 마음을 그만큼이나 애달프게 한 것은 나로서 이를테면 하나의 죄악이다. 물론 나는 그가 말한 바와 같이 뛰어난 재질이 있지도 못하고, 명망이 있는 것도 아니며, 또한 전도가 가히 양양하다고 할 것도 못 된다. 그러나 무엇보다도 '건강'이—그가 항상 그렇게나 바라고 부러워하여 마지않은 '건강'이 내게는 있다고 그는 생각한 것이 아닌가. 나는 허약하고 또 위장에는 병까지 가지고 있는 몸이나, 그의 눈으로 볼 때 그것은 혹은 부러워하기에 족한 것이었을지도 모른다. 그러한 내가—그만큼이나 행복 된 내가 그에게 우울한 얼굴을 보였다는 것이 그로서는 괘씸하기조차 하였을지도 모른다.

내가 유정의 부고를 받았을 때 가장 먼저 머리에 떠오른 것이 이때의 일이었다.

만만하게 지낼 곳도 없이, 늘 빈곤에 쪼들리며, 눈을 들어 앞길을 바랄 때 오직 어둠만을 보았을 유정—. 한 편의 작품을 낼 때마다 작가적 명성을 더해 가고, 온 문단의 촉망을 한 몸에 받고 있었을 그였으나, 그러한 것으로 그는 마음에 '밝음'을 가질 수 있었을까. 그러나 그가 병든 자리에서 신음하면서도 작가적 충동에서보다는 좀 더 현실적 욕구로 인해 잡지사가 요구하는 대로 창작을, 수필을, 잡문을 써 온 것을 생각하면 우리의 마음은 어둡다.

그의 병은 물론 그리 쉽사리 고칠 수 있는 것은 아니었으나 경제적 여유가 만약 그에게 있었다면 삼십이란 나이로 세상을 버리지 않아도 좋았을 것이다. 병도 병이려니와 그를 그렇게 요절케 한 것은 이를테면 그의 지독한 '가난'이었다.

그가 죽기 수일 전에 약을 구할 돈을 만들기 위해 가장 흥미 있는 외국 탐정소설이라도 번역해보겠다고 하던 말을 전해 들은 것은, 그의 부음을 받은 것과 동시의 일이다. 그가 목숨이 다하는 자리에서까지 그렇게도 돈으로 인해 머리를 괴롭힌 것을 생각하면, 얼마나 문인의 생활이 괴로운 것인지 충분히 짐작할 수 있다.

-1937년 《백광》 5월호

어쩌면 한국 문단의 최고 전성기는 1930년대가 아니었을까. 소설과 비평 분야에 경향문학을 내세운 〈카프〉가 있었고, 시에는 정지용과 박용철, 김영랑이 중심이 된 순수문학이 있었다. 여기에 탄탄하고, 새로운 실험 정신으로 무장한 채 순수예술을 지향했던 〈구인회〉가 혜성같이 나타났다. 이상을 필두로, 김기림, 김유정, 박태원 등이 바로 그들이다.

〈구인회〉는 1933년 8월 김기림, 이종명, 김유영, 유치진, 조용만, 이태준, 정지용, 이무영이 순수 문학을 표방해 만든 모임이었으나, 이효석과 이종명, 김유영, 유치진, 조용만이 탈퇴하고 박태원, 이상, 박팔양, 김유정, 김환태가 새롭게 합류했다. 비록 구성원은 바뀌었지만, 회원 수는 항상 9명을 유지했다.

김유정과 박태원의 인연 역시 거기서부터 시작된 듯하다. 사실 두 사람은 겉모습만큼이나 글쓰기는 방식도 달랐다. 박태원이 당시 모던보이의 상징과 같았던 최신 유행의 헤어스타일에 안경을 착용하는 등 세련된 서울 남자였다면, 김유정은 언제나 흰 두루마기 차림에 부스스한 머리로 상경한 지 얼마 되지 않은 시골 남자를 연상하게 했다. 글쓰기 역시 박태원이 도시를 무대로 한 지식인의 삶을 주로 다루었지만, 김유정은 특유의 토속적인 정감을 바탕으로 우리 이웃의 삶을 풍자와 해학을 통해 엮어냈다.

다만, 두 사람의 성격은 어느 정도 비슷했던 듯하다. 튀는 것을 싫어하고 마음속의 생각을 밖으로 잘 꺼내지 않는, 특히 다른 사람에게 피해를 주기 싫어하는 성격이었다. 어쩌면 그것이 두 사람을 더 가깝게 만들었는지도 모른다.

시는 어찌 잊고 갔을까

벗은 원체 침착한 선비여서 침통은 할지언정 눈물은 흘리지 않았었다. 또 침통(沈痛) 시편(詩篇)은 자주 쓰면서도 대자연에 끌린다거나 취미에 기우는 것은 조금도 볼 수 없었다. 오히려 벗은 내가 너무 정적인 점을 경계했다.

용아(龍兒, 시인 박용철의 호)가 우리 곁을 떠난 지도 벌써 일 년 반이 되었다. 봄, 가을 철 따라 서울에 올라가서 마음껏 몇 날씩 즐기고 돌아오던 일을 생각하면, 벌써 작년 봄을 마지막으로 그의 음성을 듣지 못하고, 그의 모습을 보지 못한 것이 퍽 오랜 옛날처럼 여겨진다.

옛사람일수록 길어지는 가을! 작년 가을만 해도 그가 살던 방을 내가 혼자 쓰면서 그의 손때 묻은 종잇조각을 주무르며 유고(遺稿, 죽은 사람이 남긴 원고)를 정리하노라니 그가 내 곁에 있는 듯싶었고, 유아(遺兒, 부모가 죽고 남아 있는 아이)들을 어루만지노라니 마치 그의 모습을 가까이서 대하는 듯했다. 그래서 가을 들면서부터 그가 더욱 그립다. 때때로 그의 목소리가 귀에 앵—돌면 세상이 못 견딜 만큼 허무해지고 고적(孤寂, 쓸쓸하고 외로움)해진다. 가는 마음이 없고, 오는 마음이 없으니 허무하고 고적할 수밖에.

그와 사귄 지도 어언 20년. 그러다 보니 서로 거스름이 없었다. 그러나 이제는 때때로 떠오르는 그의 면영(面影, 얼굴)이 사라질까 봐 얼른 명상에 잠기곤 한다.

용아가 중학생이었을 때 다음과 같은 일이 있었다고 한다.

친구 하나가 시회(詩會, 시를 짓거나 시에 대하여 토론·감상·연구하기 위하여 모인 모임)에서 즉흥적으로 "푸른 하늘에서 하얀 눈이 내린다."고 하자, 그가 "눈이 내리는데 하늘이 어찌 푸르냐?"고 물었단다. 그러자 좌중에 웃음이 터졌다.

그러나 시구(詩句)가 되었든 안 되었든 그것을 캐묻는 것이 아니었다. 푸른 하늘에서 눈이 내릴 리 없어서 그런 질문을 한 것뿐이다.

4학년 때 일고(一高, 광주일고) 진학에 실패하고 5학년을 마치고 외어(外語) 독어부(獨語部)에 무난히 들었는데, 5학년 때 괴테, 하이네를 처음 읽은 탓으로 괴테 때문에 외어 독어부를 들었노라고 내게 뽐낼 때는 제법 문청(文靑, 문학청년) 같은 소리를 하는 것 같아서 장해 보였다. 그러나 딱한 가정 사정으로 외어를 그만두고 서울에 와서 연전(延專) 문과에 적을 두고 1년간 지내게 되었다. 그때가 그의 문학도 본격적으로 들어갔을 때였다.

그는 소설을 쓰고, 희곡을 쓰고, 소품(小品, 단문)을 쓰기도 했다. 윤○○ 양과 피아노 건반 위에서 얼크러진(일이나 물건 따위가 서로 얽힘) 상사(相思, 서로 생각하고 그리워함)도 그때였고, 위당(爲堂, 역사학자 정인보) 댁에서 수주(樹州, 시인 변영로)에게 절을 받은 것도 그때였다. 그가 쓴 〈개〉라는 소품이 수주 마음에 퍽 들었던 것이라, 그 기벽(奇癖)에 절을 사뿐히 했던 것이다. 수주는 그때 바로 명시집 《조선의 마음》을 세상에 내놓고 의기양양하던 시절이었으니, 절도 그런 마음에서 나온 것이었을 게다.

학교에서는 위당의 총애를 받은 것이 사실이었다. 위당이 그의 집에 자주 들러서 고사고문학(古史古文學)에 관한 이야기를 그에게 자주 들려주었음을 나는 잘 안다. 그런 관계로 나중에 벗이 《시문학》을 창간할 때도 위당과 수주가 동인(同人, 어떤 일에 뜻을 같이하여 모인 사람)으로 참여해 그를 적극적으로 도왔다.

냉동(冷洞, 지금의 서울 서대문구 냉천동) 여사(旅舍, 여관) 시대에는 내지(內地, 일본)에서나 마찬가지로 몸이 대단히 좋았고, 장래를 염려할 일은 도무지 없었다. 그러나 몸이 비교적 좋았던 벗에게는 그보다도 한두 가지 딱한 가정 사정이 그를 항상 불안하고 초조하게 하였었고, 우울하고 침통하게 하였다. 그러다 보니 반드시 집에 가 있게 되었고, 집에 있는 동안 완전히 소식(消食, 먹은 음식을 소화함)을 못 하게 되었다. 이에 약수장(藥水場, 약수터)을 찾아 헤매게 되었고, 그러노라니 세상이 넓어지고 아는 사람도 많아져서 심심하지는 않았던 모양이다.

한동안 마음에도 없는 어느 여성에게 무던히 졸린 일도 있었다. 상대가 대단한 공세를 취하는 통에 방어력 없는 용아가 무척 애를 쓰다가 결국 저편에서 스스로 퇴진하였지만 크게 불쾌한 일이었다.

약수장(藥水場) 시대 벗은 시조를 쓰기 시작했다. 그중 몇 편은 유작집(遺作集)에도 실렸다. 그렇게 벗은 시조와 시를 같이 했는데, 나는 그 것을 볼 때마다 속이 상해서 견딜 수 없어 충고를 하곤 했다. 시조를 쓰고, 그 격조를 익히면 우리가 이상(理想)으로 삼는 자유시나 서정시는 완성할 수 없다고. 요새 모(某) 시조 선생이 어느 책에 시조와 시를 같은 것처럼 썼지만 그럴 수 없다고. …… (중략) …… 그러나 벗 용아는 시조와 시를 같이 완성하고 말았다. 무엇보다도 치밀한 그 두뇌의 힘이 두 가지를 혼동시키지 않고 잘 섭취하고 배설하게 하였다.

그러나 곧 좌익 전성시대가 닥쳐왔으니, 식체(食滯, 음식에 의해 비위가 상하는 병증)로 약수장 신세를 진 벗을 보면 좌익 전성은 또 다른 큰 식체가 아닐 수 없었다. 무럭무럭 커나가는 그 정치 그룹에까지 접근해야 하지 않는가. 프로 예맹(藝盟, 예술가연맹)이면 외려 말할 나위나 있었다. 하지만 그의 서가에는 문학책보다는 경제 과학책이 훨씬 더 많았고, 그는 그 이론을 마스터했다. 그러니 우리 같은 문청류(文靑類)는 어린아이로밖에 보이지 않았을 것이다.

나는 그런 그를 위해 무척 애를 피웠었다. 하다못해 좌익 문예와 평론쯤 맛보는 정도로 발을 멈추라고 에렌부르크(러시아의 작가)의 명편 《컴미날의 연관》을 권하여 읽게 하기도 했다. 실상 그런 좋은 작품이 그때 우리 예맹원(藝盟員)의 손으로 써지길 우리의 문학을 위해 얼마나 바랐던가. 하지만 유첩사(楡帖寺, 금강산에 있는 절)에서 시작된 토론이 개잔령을 넘고 고성 삼일포에 이르도록 정치주의 가부(可否)를 가지고 골을 붉히고 싸우고 말았고, 결국 '너는 너대로 나는 나대로' 라는 결론을 내려야만 했다. 그때 세계를 풍미하던 사조(思潮, 한 시대의 일반적인 사상의 흐름)에 벗도 사로잡혀 있었다. 문학은 그의 도구라고 여기던 시대였다.

한번은 좌익의 화형(花形, 인기 있는 사람) 한 분이 용아에게 왔다가〈판대웅(잡지 이름으로 추정)〉을 만지작거리면서 "문학! 문학이 무엇을 한단 말이오? 문학이 문학을 했지, 별다른 걸 하는 것인 줄 아오?" 라고 하자, 벗은 고개를 살래살래 흔들면서 결국 "문학은 아무것도 아니다."는 자신 있는 표정을 하지 않는가. 그 뒤 그 화형은 12차 서문 별장을 가더니만 정치가 밥보다 더 재미있는지 요새는 또 무슨 모임의 중역을 하며 광화문통을 왕래하고 있는 것으로 보이는데, 그들의 정치심도 참 가상하다 하겠다.

용아가 어떻게 그곳에서 전락했을까? 역시 딱한 가정 사정이 시골살이를 강제하였음이다. 거기서 시낭(詩囊, 시의 원고를 넣어 두는 주머니)을 배불리 할 수 있었고, 상당히 긴 시일을 두고 한아(閑雅, 한가롭고 아담함)한 향제(鄕第, 고향에 있는 집)에서 훌륭한 시인이 되었다. 본시 지극한 정열의 인(人)은 아니요, 응당 혈형(血型) B를 가졌을 침착한 용아가 동서전적(東西典籍, 동서양의 고서)을 풀어헤치고 천균(千鈞, 매우 무거운 무게 또는 그런 물건을 비유적으로 이르는 말) 뇌장을 짜놓았으니 명편가십(名篇佳什, 매우 잘 쓰고 아름답게 쓴 책과 작품)이 쏟아져 나올 수밖에 없었다. 벗이 남긴 근 백 편의 시 대부분이 모두 그때의 소산이다.

그 후 자신만만하게 상경하여 지용(시인 정지용)을 만나《시문학》을 만들던 시절 벗의 의기는 충천할 만하였다.《시문학》은 출간 후 어느 한 분의 비평문도 얻어 본 일이 없는 것도 기이하였지만 그러한 순수시 잡지가 그만한 내용과 체재를 갖고 나왔던 것 역시 당시 시단의 한 경이가 아닐 수 없었다. 다만, 세평(世評)대로 너무 고답적인 편집 방침이 해지(該誌, 그 잡지)의 수명을 짧게 한 것은 유감이랄 수밖에 없다.

뒤이어《문예월간》과《문학》등에서도 용아는 명 편집인이었다. 특히《문학》은 벗의 특이한 편집 취미가 가장 잘 나타나 있었다. 또한《문예월간》을 전후하여 당시 해외문학파의 제우(諸友, 여러 벗)들과 긴밀하게 사귀기 시작했고, 특히 진섭 · 헌구 · 기제 · 대훈 · 광섭 등의 제형(諸兄)과는 특별한 사이였었다. 그러나《시문학》때부터의 결우(結友)로《문예월간》의 전 책임을 지고 계셨을 이하윤(시인) 형은 용아의 말년에 가까운 몇 해 어찌 그리도 멀어졌던고. 암만해도 그 이유를 알 수 없었다. 하윤 형을 여러 번 만났어도 내 용기로는 툭 터놓고 물어볼 수 없었다. 하기야 누구보다도 가까운 지용 형과도《시문학》3호 편집을 둘러싸고 내심 충돌이 있었긴 했다. 그러나 양쪽의 심경을 내가 다 잘 알고 있었으므로 좀 그러다 말게끔 되었었다. 말년 삼사 년 동안 그 두 벗의 교분이 누구보다도 두터웠던 것을 아는 이는 다 안다. 그리고 맨 나중에 사귄 이양하(수필가) 씨의〈실행기〉를 읽고 나는 벗의 말년도 행복했음을 알 수 있었다.

벗의 이형(異兄)과 《문예월간》을 시작하여 그 첫 호가 나왔을 때 나는 벗을 어찌나 공격하였던고. 2, 3호 이렇게 나올 때마다 실로 내 공격 때문에 벗은 딱한 표정을 지었다. 순정과 양심으로 시작한 《시문학》 바로 뒤에 영합(迎合)과 타협이 보이는 편집 방침에 세상을 모르는 내가 벗을 공격하였음도 지당한 일이었다. 그다음에 나온 《문학》은 그래도 깨끗하고 당차지 않았던가. 지금 생각해봐도 《문예월간》은 문예지로서 2류 이하의 편집밖에 더 될 게 없다. 그래서 벗이 시조를 쓰던 버릇과 《문예월간》을 편집하던 것을 나는 참으로 좋이 여기지 않았었다.

가정생활에 터가 잡힌 뒤 얼마 안 있어 가벼운 장티푸스를 앓고 그다음 해 봄에는 참으로 올 것이 오고야 말았다. 급보로 상경하니 감기로 누워 있는 것밖에 더 안 보였으나, 그 병의 선고를 받고 그렇게 태연할 수 있는가. 벗이 병을 다스리는 태도는 무던히도 침착하였었다. 그도 그럴 것이 벗은 원체 침착한 선비여서 침통은 할지언정 눈물은 흘리지 않았었다. 내가 그의 눈물을 본 바 없고 다른 벗 역시 그러리라. 중학생 때 프랑스 혁명을 그린 영화를 보고 자칭 로베스피에르(프랑스 혁명의 주도자)를 뽐내고 고갯짓을 야릇하게 하며 눈을 아래로 내린 채 '단통'을 깔보던 로베스피에르. 그쯤의 병은 넉넉히 이겨낼 수 있었다.

벗이 간신히 일어나서 늦은 봄 모시 다듬이 겹옷을 입고 경회루 연못 위에 떠도는 오리를 보면서 한나절을 즐기던 일이 가장 아름다운 기억의 하나다. 그때 경회루 밑에 앉은 순수 조선 색을 사진 찍느라고 저편 학생 단체에서 야단들이었다. 집이나 옷이나 연당(蓮塘, 연못)이 무던히 어울리던 모양이었다.

그다음 해 봄인가. 지용과 셋이서 탑골 승방(僧房)에 나갔다가 병석의 임화(林和)를 찾은 일이 있다. 좌익의 효장 임화를 우리 셋이서 찾았다니 좀 기이한 감이 없지도 않았지만, 비록 우리가 시인 임화를 손꼽는다 하더라도 그가 앓고 있지 않았다면 찾았을 리 없었을 것이다. 임화가 우리의 시를 의식 문제로 경멸했더라도 임화의 시를 우리가 경멸할 이유는 없었기 때문이다. 그의 시를 《시문학》에 싣더라도 상극될 이유 역시 전혀 없었다. 그 재인(才人) 임화가 폐결핵 제3기를 앓는다 하지 않느냐. 생전에 만나보자는 긴장된 마음!

그도 태연하였었다. 용아 못지않게 태연하였었다. 폐를 앓는 사람은 다 그런 성싶었다. 그러나 지용과 내 생각은 좀 달랐다. 나는 더구나 임화가 초면이었다. 처음이요 마지막인가 생각되어 섭섭하기 짝이 없었다. 자기들 말로는 재기한다고 하지만 그 형편에 곧이곧대로 들리지 않았었다. 하지만 용아는 임화가 재기할 것을 믿고 있었다. 자기도 일어났으니, 그도 일어나리라고 확신했다.

삼선평(三仙坪, 지금의 서울 성북구 삼선동)을 나오면서 시인은 모두 폐를 앓으니 지용도 그럴 생각 없냐고 했더니, 아직 시집 한 권도 못 내놓았는데 가면 되겠느냐고 대답해, 그러면 당장 셋이서 시집부터 내기로 하고 산질(散秩, 흩어져 없어짐)된 원고를 주워 모으기로 했다. 그리하여 지용, 영랑 두 시집이 먼저 용아의 손으로 만들어져 세상에 나왔다. 그 중 《지용시집》은 인기가 비등하였다. 그 후에 나온 조선 시는 획기적으로 새 출발을 하였다고 단언할 수가 없을 만큼. 그러나 《영랑시집》이야 용아의 수고만 아까울 뿐이었다.

안타까운 것은 벗이 자기 시집의 간행을 좀 더 있다가 낸다는 핑계를 대며 고사한 것이다. 참으로 딱한 노릇이었다.

벗은 본래 침통(沈痛, 슬픔이나 걱정 따위로 몹시 마음이 괴롭거나 슬픔) 시편(詩篇)은 자주 쓰면서도 대자연에 끌린다거나 취미에 기우는 것은 조금도 볼 수 없었다. 오히려 벗은 내가 너무 정적인 점을 경계했다. 또한, 여자에 관해 무척 담백했다.

어느 해 봄이던가. 창경원 박물관 앞 늙은 모란이 활짝 피었을 즈음, 때마침 늦은 봄비가 내려서 넓죽넓죽한 모란이 뚝뚝 떨어지는 광경이 과연 비장(悲壯)한 바 있으리라 하고 벗을 끌고 비를 무릅쓰고 쫓아갔었더니, 벗은 그런 것쯤 대단찮게 여겼다. 또 겨울의 고련근(소태나무의 뿌리를 한방에서 이르는 말) 열매가 담황색으로 매우 깨끗하고 고담(枯淡, 꾸밈이 없고 담담함)한바 있어 벗을 끌고 내려왔더니, 온종일 방 안에서 책만 만지다가 이튿날 집으로 돌아가 버렸다. 그러니 벗과 앉아 이야기하면서는 풍경이 그리 필요하지 않았다. 방문을 닫고 앉아 있어도 기분은 수시로 만들어지곤 했다. 시를 위한 독서, 그 외에 르네 클레르(프랑스의 영화감독)의 사진과 디트리히(독일 출신의 미국 여배우)의 연기를 보는 것이 가장 즐거운 취미였으리라. 한사코 본인의 시집을 안 내고 만 것도 그의 성미로 미루어 보아 충분히 있음 직한 일일 것이다.

벗의 건강은 차차 좋아졌고, 한번 그렇게 잘 이겨낸 뒤이고 보니 자타가 꽤 방심도 했을 법하다. 나 역시 그가 또 앓는다고 하더라도 이젠 그리 대단치 않으리라 믿고 있었다. 술도 조금씩 먹어 보고 긴 여행도 좀 하였다. 실상, 병의 시근(始根, 근본 원인)이 몸에 남아 있었음에도 2, 3년간 조신(操身, 몸가짐을 조심함)을 못 할 만큼 좀 무리를 하긴 했었다. 그렇기로 발병을 자각한 지 겨우 3, 4일 만에 목이 그렇게 잠긴다는 것이 무슨 일이냐. 슬픈 일이었다.

집에서 앓다가 세전(세브란스병원) 병실로, 거기서 다시 성모(성모병원) 병실로 옮기었을 즈음, 나는 올라왔었다. 그러나 벗은 목이 잠겨서 눈으로 맞이할 뿐. 손을 쥐어 보니 얼음장이었다. 차마 입이 벌어지질 않았다. 필담(筆談)으로 의사를 통하다니 어이가 없었다. 가슴을 앓아도 치료만 잘하면 상당한 수명을 잇는 것이 현대 의술 아니던가. 벗의 경우는 어떠한가. 자기도 모르고 곁에 있는 사람도 모르는 사이에 불치권(不治圈, 병이 잘 낫지 않는 시기)에 들어서 버리지 않았는가. 그도 천명인가. 아무리 병에 태연하던 벗이기로서니 모 박사가 전년 동기에 약간 경고를 하였다 하지 않는가.

병에 너무 태연한 벗의 기질도 원망스럽다. 벗은 절망하는 것 같지는 않았으니, 우리는 그 점에 힘을 얻어 지구전(持久戰)을 할 셈으로 병실을 자택으로 옮겨보았다.

그러나, 오! 옮긴 지 10여 일 되던 날 오후, 벗은 태어난 후 처음으로 약한 소리를 토하지 않는가. 잠긴 목소리로 "암만해도 도리가 없다."

나는 눈물이 핑 돌았었다. 정말 별도리가 없는 것 같아서 벗의 오랜 투

병사에 일찍 토하지 않던 그 약한 소리는 확실히 불길한 예감임에 틀림 없었다. 친우들에게 보낼 영결(永訣, 죽은 사람과 산 사람이 서로 영원 히 헤어짐)의 글을 부인에게 대필시키고, 나에겐 벗이 손수 좀 자세히 쓸 말이 있노라고 하여 날을 미루고 있다가 이루지 못하였었다니 더 안 타까웠다.

40만 넘기면 우리가 수명에 불평은 할 것이 없다고 하였거니 나머지 5 년을 왜 더 못 채우고 가버렸느냐? 운명 5분 전까지 의식이 명료했다는 벗이 부모와 처자는 어찌 잊고 갔을까. 또 시는 어찌 잊고 갔을까.

- 1939년 12월 〈조광〉 5권 13호

《시문학》의 출발은 김영랑과 박용철의 만남에서 비롯되었다. 두 사람 은 도쿄 유학 시절 처음 만나 알게 된 후 평생의 벗이 되었다. 나이로는 김 영랑이 한 살 위였지만 학교로 보면 박용철이 일 년 선배였다.

두 사람은 동인지를 만들기로 했지만, 문단에 전혀 알려지지 않은 약 점을 갖고 있었다. 이에 시적 경향이 비슷할 뿐만 아니라 당시 국내 문단 에서 꽤 명성을 얻고 있던 정지용이라는 시인이 필요했다. 이후 김영랑 의 주선으로 만나게 된 세 사람은 시문학파를 결성, 1930년대 한국 시단 을 평정하게 된다.

그 중심에는 항상 용아 박용철이 있었다. 그는 생전에 자신의 시집은 단 한 권도 내지 않은 채 정지용과 김영랑 시집을 비롯해 당대 주옥같은 언어를 구사했던 다른 시인들의 작품을 출간하는 데 힘썼다. 또한,《시문학》을 비롯하여《문예월간》,《문학》 등의 잡지를 발간했을 뿐만 아니라 하이네, 실러 등의 외국 시와 〈인형의 집〉,〈베니스의 상인〉 등 외국 희곡을 번역하여 소개하기도 했다. 또한 프로 문학을 대표하는 임화, 모더니즘 문학의 김기림과 '순수―기교주의 논쟁'을 펼치기도 했으며, 비평에도 관심을 둬 〈효과주의 비평 논강〉,〈조선문학의 과소평가〉,〈시적 변용에 대하여〉 등을 발표해 계급주의와 민족주의를 동시에 배격하기도 했다. 하지만 안타깝게도 폐결핵으로 인해 서른넷이라는 젊은 나이에 눈을 감고 말았다.

아! 용철이, 용철이

한 솥의 밥을 먹고, 한 이불 속에 잠을 자고, 한 책을 둘이 펴던 시절이 무던히 길었나니. 실상 벗은 그때 아직 문학이니, 시를 생각하지도 않던 때로, 내 공연히 벗을 끌어들여서 글을 맞붙이게 하고, 글재주를 찾아내려 하였던 것이니, 지금 생각해보면 나는 일생에 큰 죄를 지은 듯싶다.

용철이, 용철이! 다정한 이름이다.

스무 해를 두고 내 입에서 그만큼 불린 이름도 둘을 더 꼽아 셀 수 없을 것 같다. 스물 전후 처음으로 알게 되면서부터 그 이름을 부르기 시작해 나는 여태껏 가장 허물없고, 다정하고, 친근하고, 미더운 이름으로 용철이, 용철이를 불러온 것이다.

아! 그가 영영 가버리고 만 오늘, 나는 그대로 그 이름을 자꾸 불러봐, 오히려 더 친근하고 다정하여 혓바닥에 이상한 미각까지 생겨나는 것을 깨닫나니, 아마 내 평생을 두고도 그리 아니하지는 못하리로다.

용철이, 용철이! 서로 이역 하늘 밑에 서툰 옷을 입고 손을 잡아 아는 체하던 바로 그때부터 가장 가깝고 친한 사람이 되었었고, 한 솥의 밥을 먹고, 한 이불 속에 잠을 자고, 한 책을 둘이 펴던 시절이 무던히 길었나니. 실상 벗은 그때 아직 문학이니, 시를 생각하지도 않던 때로, 내 공연히 벗을 끌어들여서 글을 맞붙이게 하고, 글재주를 찾아내려 하였던 것이니, 지금 생각해보면 나는 일생에 큰 죄를 지은 듯싶다.

벗이 학원의 수재로 이름 높고, 특히 수리의 천재로 교사의 칭찬이 자자하던 때, 나는 작은 악마와도 같이 그를 꾀어내어서 들판으로, 산길로 끝없이 헤매었다. 친한 벗이 끌어당기면 하는 수도 없었던가. 강남도 간다지 않더냐? 언덕의 송아지는 어매를 팔아서 동무를 사달라고 한다지만, 내 벗 용철이가 수학(數學)을 팔아서 동무를 사놓고 보니 아무짝에도 몹쓸 놈이었던 것이다. "윤식(김영랑의 본명)이가 나를 오입을 시켰다"는 말버릇을 최근까지 장난삼아 한 적이 있으니, 과연 그런 것이냐?

벗아, 문학은 벗의 제2의 인생으로 누려도 좋았던 것일까? 더구나 벗이 이리도 일찍 가버리니 긴 평생을 두고 걸어서 대성(大成)을 꿈꾸던 그때가 나의 한(恨) 중의 한이 아닐 수 없도다. 벗과 서로 시골 살이를 하여 백여 리 길을 사이에 두고 가고 오던 시절, 벗은 시를 비로소 씹어 맛보더니 불과 몇 날 만에 천여 명편(名篇)을 툭툭 쏟아내지 않았던가! 벗의 문학은 그다음이라 치더라도, 벗의 시는 완전히 그 고향 살이 3, 4년 새에 이룬 것이다. 일가를 이루어 세상에 나가기까지 벗의 유일한 글벗이었던 나는 벗의 시업(詩業) 수련의 도정(道程, 어떤 장소나 상태에 이르기까지의 과정)을 가장 잘 살필 수 있는 백여 통의 편지 뭉치를 ─ 연서(戀書, 연애편지)같이, 보배같이 아끼고 간직해 온 뭉치 ─ 벗이 살아 있을 때나 가버린 오늘도 가끔 풀어서 읽어 보아 아기자기한 기쁨을 맛보는 버릇이 있지만, 실로 한 시인이 커갈 때 그이만큼 부지런하고 애쓴 이도 있는가 하여 새삼스레 놀라는 것이다.

스스로 내놓은 명편 가작을 그는 매번 사양하고 부족하게 여기는가 하면, 남의 시 한 편을 붙들고 그렇게 샅샅이 고비(高批, 남의 비평을 높여 이르는 말) 고비 뒤집어 보고, 완전히 알고 맛보던 그 천재형의 머릿속에는 이 세상의 이른바 명시가 거의 다 한 번에 노래하고 춤추고 있었던 것이오. 그리하여 그의 시 수준은 속에서 크고 남이 알 바 아니었으니 일조일석(一朝一夕, 하루아침과 하룻저녁이란 뜻으로, 짧은 시일을 말함)에 웅편(雄篇, 뛰어나게 좋은 글이나 작품)이 쏟아져 나옴도 괴이하지 않은 노릇이로다.

오늘날 우리 시원(詩苑)의 명화요, 또 유일한 시론가(詩論家)로서의 지위를 점하여 그만한 담당을 쾌히 해온 것도 결코 우연한 일이 아니요, 옛날의 수학을 아주 팔아 없앴음이 아님을 알 수 있으니, 내 속죄도 좀은 되었다 할까.

스무 살 전에 어느 자리에서 문학을 경멸해버린 일이 있었던 그대가 바로 얼마 전 10년을 더 살자, 시를 위해 10년을 더 살자 하지 않았던가. 음향에 귀가 어둡다고 못마땅해하던 벗이 넉넉히 시구의 음향적 연락을 한번 캐보고 다 알지 않았던가. 자신이 비정서적임을 한탄하면서 어쩌면 그리도 넉넉히 지용의 〈유리창〉을 샅샅이 캐고 해석할 수 있었는가.

아! 벗이 가신 뒤 또 그만한 일을 우리를 위해 해줄 이 어디 있단 말이냐. 오늘 우리의 시원(詩苑)은 한 시인의 죽음으로 두 가지 크나큰 손실을 입은바, 어찌 통탄하지 아니하랴.

혹은 모른다. 벗은 그 천재적인 머리가 오히려 그의 창작을 괴롭게 하지 않았는가? 그러나 우리는 벗의 〈떠나가는 배〉와 〈밤기차〉 두 편만 읽을 수 있더라도 그런 재앙은 애당초에 받지 않았음을 알 수 있다. 벗의 시한 편이고, 이른바 단명적인 구(句)가 아닌 것이 없었지만 그리하여 오히려 시로써 얼마나 아름다웠던가! 이 두 편의 시는 시인 박용철을 말할 때뿐만 아니라 우리 서정시를 통틀어 말할 때도 반드시 논의되고, 최고의 찬사를 바쳐야 할 걸작이라 할 것이다. 하지만 벗의 전기를 쓰는 바 아니매, 이 두 편이 나오던 시절 시인이 겪은 고민이며 생리까지를 말하기에는 나로서는 첫째 눈물이 앞서 못할 일이니 그만두기로 한다.

벌써 10년 전 일이로다. 우리는 서울로 지용을 만나러 왔었다. 지용을 만나서 셋이서 일어서면 우리 서정시의 앞길도 찬란한 꽃을 피우게 되리라는 대망! 가상치 않았느뇨. 그때의 지용은 벗과 같이 살도 변변히 찌지 못하고 한 방에 앉아 있으면 그 마른 품으로 보든지 재주가 넘쳐 뵈는 점으로 보든지 과연 천하의 호적수로 여겨지던 때다. (그 뒤 지용은 뚱뚱해지고, 벗은 더 야위어만 갔다) 물론 지용과는 둘 다 초면이었다. 그 초면이 하루에 1년, 열흘에 10년의 의(誼, 서로 사귀어 친하여진 정)가 생겼던 것이다. 그 뒤 두 벗이 얼마나 우리 시를 위해 애썼는지는 다른 벗도 모두 다 아는 바다.

나는 막역(莫逆, 허물없이 매우 친함) 용철을 생각할 때 그 천생 포류(蒲柳, 갯버들)의 질임을 이기고, 어쩌면 그렇게도 굳세게 시에 신념을 가질 수 있는지 부러워하며 진실한 시의 사도라고 여겨왔었다. 내 가끔 내가 쓴 시에 실망하여 지치려 할 때 벗은 격려로 붙들어주고, 내 자유시의 이상(理想)으로 한 시는 한 시형을 가질 뿐이라는 엄연한 제약을 세우고, 안 쓰인 시, 형을 이루기 전의 시, 오직 꿈인 양 서리는 시를 꿈꾸고, 진정 시인은 시를 쓸 수 없어도 좋다며 떠들지 않았던가. 벗은 내 허망 된 소리에 열 번 지지를 표명하여 줬으니 그리함이 나를 건져주는 좋은 방법도 되었던 것인가.

아! 어려서 한솥밥, 한 글방 친구가 나이 먹어가며 가장 가까운 시우(詩友, 함께 시를 짓는 벗)가 되고 보니, 나는 이보다 더 행복할 수 없었다. 그러나 이제 나는 완전히 박행(薄幸, 운수가 좋지 않음)한 사람이로다. 아! 이 한이 크도다. 이 아침에 춘장(椿丈, 남의 아버지를 높여 부르는 말)을 뵈옵고 기 쓰고 침착하려던 것이 끝내 흐느껴서 울음이 터지고, 벗을 땅속 깊이 묻고 밤중에 산길을 거쳐서 내려오던 때 몹시 쏟아지는 눈물에 발을 헛디디던 일을 생각하면, 벗이 가신지 겨우 한 철이 지난 오늘 이러니저러니 차분한 소리를 쓰고 있는 나 자신이 무척 우습고 지극히 천한 노릇같이 여겨진다. 일찍 처를 여의어 보고, 아들도 놓쳐 보고, 엄마도 마저 보내 본 나로서는 중한 사람의 죽음을 거의 다 겪어본 셈이지만, 내가 가장 힘으로 믿었던 벗의 죽음이라 아무리 운명이라 치더라도 너무 과한 노릇이 아닐 수 없다.

영결식이 끝난 뒤 지용과 단둘이 나중에 남았을 때의 호젓함, 남은 둘의 심사야 누구나 알 법도 하건만 "이번에는 거꾸로 가지 말고 내 먼저 갈

걸. 처음부터 거꾸로라니. 이제 내 먼저 가지." 이런 문답을 한 일이 있다.

아무래도 좋은 말이다. 벗을 불러봤자, 대답 없는 세상 아니냐. 온갖 다 그릇된 세상 아니냐. 벗이 이제 시왕(詩王)이 아니니, 또 누가 '훈공(勳功, 나라나 군주를 위해 세운 공로)에 의해 벗을 원로(元老)로 봉하리오. 슬픈 노릇이다.' 아들을 가장 잘 이해하시는 어버이가 계시고 그 밑에 현부인이 계시도다.

벗아, 눈을 감아라. 세 아들은 삼태성(三太星)처럼 빛나고 있나니. 생전에 지용과 내가 그렇게 권하여도 끝까지 거절하던 그대의 작품집이 이제는 유고집으로 누구의 거절도 없이 우리의 손으로 만들어져 나오도다.

그대, 그 몸을 해서 무던히 많이도 써 놓았던 것을 누가 알았으랴. 가장 가까운 부인도 놀라지 않느냐. 캘린더 종잇조각에 끼적여 둔 것을 주워 모아도 일품이요, 휴지통에서 건져 낸 것도 명편이로다. 태서명시(泰西名詩, 서양의 명시)의 역출(譯出, 번역하여 냄)한 분량을 보고 누가 안 놀랄 것이냐. 아무튼, 그대는 너무도 몸을 학대 혹사하여 아낄 줄 몰랐느니라. 너무도 일밖에 몰랐느니라.

아! 그대의 가심을 서러워하고 통곡하고 말 것인가. 나는 그대 가심을 원망하지 않을 수 없다.

– 1939년 12월 〈조광〉 5권 13호

평생의 벗 김영랑에 의하면, 박용철의 죽음은 인생 최고의 충격으로 다가왔다고 한다. 그도 그럴 것이 두 사람은 도쿄 유학 시절 만난 후 이십여 년을 친구로 지내왔다. 더욱이 본래 문학과 거리가 멀었던 박용철에게 문학을 하자며 꾀어낸 이도 바로 김영랑이었다. 그때까지만 해도 박용철은 수학 천재로 유명했던 전도양양한 젊은이였다. 하지만 김영랑과의 만남을 계기로 그의 시 세계에 매료된 나머지 문학의 세계에 뛰어들게 되었다.

　그의 문학 활동은 주로 창작보다는 다른 사람들의 작품을 대중에게 알리고, 대중에게 문학을 알리는 데 더 많은 비중을 두었다. 그러다 보니 자신의 작품보다는 벗들의 시를 출간하는 데 힘썼고, 서양의 시와 희곡 등을 번역, 출간하는 데도 앞장서는 등 누구보다도 더 정열적인 활동을 벌였다. 그러나 누구도 그의 죽음을 예상하지 못했다. 이에 그의 갑작스러운 죽음은 김영랑에게 있어 어떤 죽음보다도 더 큰 충격을 주었다.

　"아! 어려서 한솥밥, 한 글방 친구가 나이 먹어가며 가장 가까운 시우(詩友, 함께 시를 짓는 벗)가 되고 보니 나는 이보다 더 행복할 수 없었다. 그러나 이제 나는 완전히 박행(薄幸, 운수가 좋지 않음)한 사람이로다. 아! 이 한이 크도다. 이 아침에 춘장(椿丈, 남의 아버지를 높여 부르는 말)

을 뵈옵고 기 쓰고 침착하려던 것이 끝내 흐느껴서 울음이 터지고, 벗을 땅속 깊이 묻고 밤중에 산길을 거쳐서 내려오던 때 몹시 쏟아지는 눈물에 발을 헛디디던 일을 생각하면, 벗이 가신지 겨우 한 철이 지난 오늘 이러니저러니 차분한 소리를 쓰고 있는 나 자신이 무척 우습고 지극히 천한 노릇같이 여겨진다. 일찍 처를 여의어 보고, 아들도 놓쳐 보고, 엄마도 마저 보내 본 나로서는 중한 사람의 죽음을 거의 다 겪어본 셈이지만, 내가 가장 힘으로 믿었던 벗의 죽음이라 아무리 운명이라 치더라도 너무 과한 노릇이 아닐 수 없다.

문단의 특이한 존재

서해는 그 생장부터가 기존의 작가와 달랐다. 그는 빈곤한 환경 아래서 어려서부터 무수한 고생과 쓰라림을 겪은 사람이었다. 따라서 그가 그리는 사회는 기존의 작가들이 그리는 사회와 완전히 달랐다. 그러니 그때까지 온전히 유산층의 생활만 소설에서 봐왔던 독서계에서 그에게 경이의 눈을 던지고 손을 들어서 맞은 것은 어쩌면 당연했다.

세 사람째다. 남궁벽(낭만시를 즐겨 썼던 시인), 나빈(소설가 나도향의 필명), 최학송(소설가 최서해의 다른 이름)—나의 친한 벗 가운데 글로 업을 삼는 사람을 세 사람째 잃었다.

서해(최학송의 호)는 문단의 특이한 존재였다. 서해 이전의 소설 작가들은 모두 인텔리 출신이었다. 그 환경이며, 지반이며, 재산에는 차이가 있겠지만 모두 고이고이 자란 학생 출신의 작가들이었다. 그런지라 그들이 그리는 사건 역시 평범하기 그지없었다.

하지만 서해는 그 생장부터가 기존의 작가와 달랐다. 그는 빈곤한 환경 아래서 어려서부터 무수한 고생과 쓰라림을 겪은 사람이었다. 중으로, 방랑객으로, 아편쟁이로, 인부로, 기아(饑餓, 굶주림) 때문에 죽음에 직면한 가련한 존재로, 별별 경력을 다 지낸 사람이었다. 따라서 그가 그리는 사회는 기존의 작가들이 그리는 사회와 완전히 달랐다. 그가 그리는 사회는 암흑한(어두운) 사회였다. 굶주림과 병과 아픔과 죄악과 잔혹함과 공포가 고루 섞인 사회였다. 그러니 그때까지 온전히 유산층의 생활만 소설에서 봐왔던 독서계에서 그에게 경이의 눈을 던지고 손을 들어서 맞은 것은 어쩌면 당연했다. 그의 소설이 그리는 사회의 신기에 매혹되었기 때문이다. 프로연맹(KAPF)에서 서해를 대장 격으로 맞아들인 것도 역시 그 때문이었다.

그러나 서해는 일개 소설가였다. 그는 국한된 프로 예술가가 아니었다. 아직껏 견문(見聞)한 사회가 참담한 최저사회이고 다른 사회를 보지 못하였으므로, 자연히 그런 사회만 그렸지, 그 사회만 그리는 것이 그의 목표는 아니었다.

서해가 소설계에서 쉽게 뽑히지 않을 귀한 자리를 잡으면서 그의 생활 역시 차차 안정되어 갔다. 그에 따라 지금까지 그가 봐왔던 사회와는 다른 사회생활을 하게 되었다. 동시에 그의 이원적, 인격적 생활이 전개되었다. 그러나 암담한 과거와 비교적 생활이 안정된 현재. 여기 앉아서 그 내재한 이원적 인격과 다투면서 낙착되기를 기다리던 최근 3, 4년 그는 집필을 하지 못했다. 과거의 암담한 경험으로 소설의 재료를 취하자니 현재의 안정된 생활이 방해하여 박진감과 사실감이 결핍될 듯했고, 현재의 안정된 생활을 기초로 소설의 취재를 하자니 과거의 암담한 것이 너무 깊이 박혀 있었기 때문이다. 이 이원적 인격 때문에 그는 붓을 중지하고 기회를 기다렸던 것이다.

세련된 붓이었다. 날카로운 관찰이었다. 정돈된 구상이었었다. 티 없는 솜씨였다. 나는 기다리고 있었다. 이만한 솜씨를 가진 서해가 이전과 다른 환경에 충분히 융화된 뒤 두 사회를 눈 아래 굽어볼 만한 낙착(落着, 문제가 되던 일의 해결을 위해 결론이 남)을 얻은 뒤에 써내는 소설을 나는 기다렸다. 그랬더니 그것을 쓸 '때'를 얻지 못하고 세상을 떠나고 말았다.

학생 출신의 소설가만 있고, 그들이 견문한 '암담한 사회'라야 학식이라는 렌즈를 통해 본 사회에 지나지 않았으니, 철저한 최저계급의 생활을 그리기에는 부족한 소설계에 있어서 최저 생활자 출신의 유일한 작가였던 서해를 잃었다는 것은 무엇에도 비기지 못할 큰 손실이었다. 그렇지 않아도 작가가 부족한 우리에게 있어 서해는 왜 그렇게 일찍 죽었을까?

– 1932년 8월 《동광》

흔히 최서해 문학을 가리켜 '빈궁문학'이라고 한다. 그의 문학이 체험에 바탕을 둔 '빈궁'을 소재로 하고 있기 때문이다. 이는 그의 출신 성분과 무관하지 않다. 그는 빈농의 아들로 태어나 겨우 보통학교 3학년을 마친 후 간도로 건너가 유랑생활을 했고, 머슴, 잡역부 등 밑바닥 노동을 몸소 체험했다. 이에 당시 성행하던 프로문학이 지향하는 바와 방향이 같다는 이유로 문단에 나오자마자 일약 문단의 총아가 되기도 했다. 하지만 더는 앞으로 나가지 못했다. 그 이유는 아이러니하게도 이전까지 그의 장점으로 작용했던 '빈궁의 체험' 때문이었다.

최학송, 아니 최서해의 글은 다소 거칠긴 했지만, 독자를 끌어당기는 힘이 있었다. 삶에 대한 묘사가 매우 리얼하기 때문이다. 하지만 김동인이 말했다시피, 안정된 생활을 하게 된 후 그의 글은 변하고 말았다. 그 이유 역시 김동인이 말하고 있다.

"과거의 암담한 경험으로 소설의 재료를 취하자니 현재의 안정된 생활이 방해하여 박진감과 사실감이 결핍될 듯했기 때문이다. 그렇다고 현재의 안정된 생활을 기초로 소설의 취재를 하자니 과거의 암담한 것이 너무 깊이 박혀 있었다."

사실 그는 태어나서 죽을 때까지 단 한 번도 가난에서 벗어나지 못했다. 그러다 보니 아내는 도망을 갔고, 밥을 제때 먹지 못한 어린 딸은 목숨을 잃어야 했다. 그러다가 결국 자신 역시 서른셋의 젊은 나이로 삶을 마감하고 말았다. 그나마 다행인 것은 그의 장례식이 조선 최초의 문인장(文人葬)으로 치러졌다는 것이다. 또 그의 죽음을 안타깝게 여긴 가까운 문우들은 그를 추모하는 글을 《삼천리》에 싣기도 했다.

당시 잡지 《동광》은 그가 죽자 한 문인의 말을 인용해 다음과 같은 기사를 내보냈다.

"서해 최학송 군이 죽었다. 누구나 아깝게 아니 여기는 이가 없다. 그는 처음 보따리 하나만 가지고 혈혈단신으로 20세에 서울로 왔다. 와서 방인근 군이 경영하는 《조선문단》사에 투신했으나 그 역시 고생살이였다. 조운 군의 여동생과 결혼하였을 때도 세간 하나 없이 살림이라고 시작했다. 《중외일보》 기자로도 월급 못 받는 달이 받는 달보다 많았다고 한다. 그렇게 고생을 하다가 겨우 좀 안정된 생활을 하게 되니까 그만 세상을 떠났다. 의탁 없는 노모와 슬하의 두 아이를 두고 며칠째 '살아야 한다, 살아야 한다.' 부르짖으며 떠났다고 한다. 훌륭한 천재가 직업 때문에 충분히 발휘가 못 되다가 또 요절하였으니, 이것은 조선의 막대한 손실이라고 장례에 참석한 이마다 애석히 여기었다."

미완성인 채 이 세상에서 자취를 감추다

그는 어지간히 명민한 두뇌의 소유자가 아니었나 싶다. 그의 놀라울 만한 조성(造成)은 그의 높은 재질을 말하는 것이었다. 그는 항상 — 내가 본 것이 틀림없다면 — 자기가 믿는 완전한 길을 찾고자 헤매었다.

죽은 사람에 대한 기억은 웬일인지 산사람에 대한 기억만큼 싱싱하지가 못하고 한 겹 엷은 포장에 가려진 저편의 물상(物象, 사물의 형상)을 보는 것처럼 희미한 것 같다. 비록 여러 해를 만나보지 못하고 혹은 죽었는지 살았는지조차 알지 못할 만큼 서로 격조한 사이일지라도 저 사람이 살아 있음이 분명하려니 생각되는 그 사람에 대한 기억은 웬일인지 싱싱하고 색채가 선명한 것이 사실이건만…….

도향 나빈(羅彬, 나도향의 필명)을 생각함에 나의 기억은 잠시 그의 풍모를 그려보기에 또는 그와 교제하던 때의 모든 사건을 그려보기에 다소간 힘이 듦을 의식한다. 죽음이란 과연 얼마나 덧없는 것인지 가히 알 것 같다.

도향과 나는 그다지 친하지 못하였다. 내가 중학교에 있을 때 그는 나보다 일 년 상급이었다. 나는 다만 그를 알았을 뿐이었다.

내가 일본에 공부하러 가 있을 때 그는 이미 문사(文士)로 이름이 나 있었다. 그리하여 1923년 봄, 당시《백조》사에 몇 사람이 모여 있을 때 나와 그는 비로소 처음으로 사교적인 인사를 나누게 되었다. 나도 그때는 《백조》동인의 한 명이었으니까.

그 후로는 자주자주 만났다. 그러나 우리는 문예 문제에 대한 혹은 사회문제에 대한 논의를 피차에 교환해 본 일이 단 한 번도 없었다. 다만, 나는 그를 존경하려 하였을 뿐이었다. 동시에 그 역시 내게 아무런 토론도 제안하지 않은 것이 사실이다.

어느 해 겨울, 그가 무전여행을 하고 왔다며, 낙원동에 있는 여관에 다른 친구와 함께 찾아와서 놀다가 잘 곳이 없다며 같이 자자고 해서 그 밤을 함께 밝힌 일이 있다. 아침에 피곤한 눈을 비비고 일어났을 때 나는 그의 축 처진 눈, 좋지 못한 혈색을 보고 그의 쇠약함을 추리할 수 있었다. 그러던 차에 마침 책상 위에 놓여 있던 (그가 가지고 온) 잡지에 실린 운정의 〈기적이 불 때(?)〉라는 희곡이 우연히 화두가 되어 서로 의견을 교환하게 되었다.

"암, 그야 상식적이지. 혹은 모방적이라는 말까지도 할 수 있을지 모르지…….하지만 상식적이 아닌 다른 사람의 작품을 무슨 별수 있어?—또 상식적이라고 해서 비난할 이유는 없지……."

여러 말끝에 내가 이렇게 말하였을 때 그는 즉시 동의하였다. 아침밥을 먹고 나서 그는 무전여행을 하던 때의 감상을 풍(風, 허풍)을 떨어가면서 이야기하였다.

생각건대, 그는 어지간히 명민한 두뇌의 소유자가 아니었나 싶다. 그의 놀라울 만한 조성(早成, 일찍 이룸)은 그의 높은 재질을 말하는 것이었다. 그는 항상—내가 본 것이 틀림없다면—자기가 믿는 완전한 길을 찾고자 헤매었다. 그의 작가적 본질은 낭만주의를 다분히 띠고 있었다. 그러나 때로는 낭만주의를 버리고 사실주의로 들어가려고 한 흔적이 보였다. 그가 사회 문예로 눈을 옮길 때가 그때였다. 그리하여 그는 변화해가는 시대에 될 수 있는 한 민감해지려고 했다. 그러나 그는 죽을 때까지 (〈피 묻은 편지 몇 쪽〉이 그의 최후 작품이 되었다) 낭만주의를 버리지 못한 것이 사실이다.

동경에서 돌아와서 그는 어떻게 하고 있었으며, 어떤 모습으로 이 세상을 떠났는지 나는 그것을 알지 못한다. 죽은 그에 대해 결론하여 말하자면, 그는 자기의 일생을 통해 보건대, 참말로 시대에 눈뜨고, 자기에 눈뜨려 할 때 요절하였다는 것이다. 말하자면 아주 미완성으로 이 세상에서 자취를 감추었다.

- 1927년 《현대평론》 8월호 〈나도향 추모 특집〉

"나는 원래 운명이니, 명수니 하는 것을 의심하거니와 도향의 죽음을 보고도 이에 대하여 여러 가지 생각이 없지 않다. 그의 병의 원인이 어디 있었든지 간에 그에게는 약간의 자력만 허락됐더라도 그처럼 참혹한 요절을 보지는 않았을 것이다. 그가 수년간 폭음을 할지라도 그의 사생활이 순조로웠더라면 그렇게 심각하지 않았을 것이요, 우리의 민족적 처지라든지 사회적 환경이 이렇지 않았더라면 그처럼 되지는 않았을 것이다. 이와 같이 말하면 비단 고인의 경우뿐만 아니라 누구에게든지 이러한 논법이 적용될 것이지마는, 요컨대 사람의 운명이라든지, 청정한 명수라든지 하는 숙명론적 견해로 그의 불운과 요절을 볼 수 없다는 말이다.”

소설 〈표본실의 청개구리〉를 쓴 횡보 염상섭이 나도향의 죽음에 부쳐 쓴 글의 일부다. 일본에 머물던 시절 나도향과 함께 같은 집에서 하숙하기도 했던 염상섭은 그의 죽음을 ‘참혹한 요절’이라고 표현했다. 그의 고통과 아픔을 가장 가까이에서 지켜봤기에 가능한 말이었을 것이다.

나도향의 본명은 ‘경손’으로, 우리가 알고 있는 ‘도향’은 그의 호이다. 서울에서 출생한 그는 한의사 할아버지와 양의사 아버지의 권유로 경성의전에 진학했지만, 문학을 하겠다며 학교를 그만둔다. 이후 일본으로 건너갔지만, 학비를 마련할 길이 없자 곧 귀국하고 말았다.

1922년 문예 동인지 《백조》에 단편 〈젊은이의 시절〉을 발표하며 문단에 데뷔한 그는 박종화, 이상화 등과 함께 애상적이고 감상적인 작품을 주로 썼다. 낭만주의를 추구했기 때문이다. 하지만 1924년 〈자기를 찾기 전〉을 시작으로 사실주의를 추구하면서 냉정하고 객관적인 자세를 보이기 시작했다. 특히 그의 대표작으로 꼽히는 〈벙어리 삼룡이〉, 〈물레방아〉, 〈뽕〉 등은 식민지 시대의 민족이 처한 처참한 현실과 사회를 날카롭고 사실적으로 묘사해 평단의 극찬을 받기도 했다. 하지만 거기까지였다. 작가로서 완숙의 경지에 접어들려는 때 급성 폐렴으로 인해 요절하고 말았기 때문이다.

작가로서 그에게 허락된 시간은 5년에 불과했다. 그 동안 그는 모두 20여 편의 작품을 남겼으며, 〈피 묻은 몇 장의 편지〉와 〈화염에 쌓인 원한〉 등을 마지막으로 우리의 곁을 떠나고 말았다. 장안의 명의로 소문났던 그의 아버지조차도 스물다섯 살의 아들을 살려내지 못했다.

남겨둔 글만 그대같이 대하네

집에서 거리에서 그대 얼굴 볼 수 없네/ 간 지 벌써 한 해로되 어제인 듯 애닳아라/ 벗끼리 모여 앉으나 그대 자리 비었네. …… (중략) …… 거울처럼 마주앉아 웃고 울기 같이할 때/ 뉘 하나 앞서 갈 줄 뜻이나마 하였던가/ 애닳다, 남겨둔 글만 그대같이 대하네.

집에서 거리에서 그대 얼굴 볼 수 없네
간 지 벌써 한 해로되 어제인 듯 애닳아라
벗끼리 모여 앉으나 그대 자리 비었네.

그대 무덤가는 길이 풀 밑에 묻혔구나
해와 달은 기억조차 쓸어가려 하네만은
한 조각 설은 그림자 그려마지 못하네.

거울처럼 마주앉아 웃고 울기 같이할 때
뉘 하나 앞서갈 줄 뜻이나마 하였던가
애닳다, 남겨둔 글만 그대같이 대하네.

벗을 잃고
나는 쓰네

1927년 〈현대평론〉 8월호에는 나도향의 1주기를 맞아 그를 추모하는 글이 특집으로 꾸며졌다. 이에 한때 그와 일본에서 하숙을 같이 했던 염상섭을 비롯해 이태준, 김동환, 정인보, 이은상 등 내로라하는 문인들이 살아생전 그와 있었던 추억 및 그의 작품, 삶에 관한 다양한 이야기를 실었다.

위의 글 〈추억 도향〉 역시 거기에 실렸던 것으로, 그의 부재가 주는 안타까움과 슬픔을 짙게 담고 있다.

1923년 무렵부터 결핵을 앓았던 나도향은 1925년 여름, 요양을 할 목적으로 마산에서 3개월 동안 머문 적이 있다. 그는 이때 시인 이은상의 집에 머물렀는데, 이때의 체험을 〈피 묻은 편지 몇 쪽〉이라는 단편에 담기도 했다.

"마산에 온 지도 벌써 두 주일이 넘었습니다. 서울서 마산을 동경할 적에는 얼마나 아름다운 마산이었지요! 그러나 이 마산에 딱 와서 보니까 동경할 적에 그 아름다운 마산은 아니요, 환멸과 섭섭함을 주는 쓸쓸한 마산이었나이다. 나는 남들이 두고두고 몇 번씩 되짚어 말하여 온 조선 사람의 쇠퇴라든지 우리의 몰락을 일일이 들어서 말하고 싶지 않습니다. …… (중략) …… 바람도 없고, 물결도 없습니다. 바다가 아니요, 호수같이 마산만의 푸른 물은 마치 어떠한 그릇에 왜청(倭靑, 검은빛을 띤 푸른 물감)을 풀어서 하나 가득 담을 듯이 묵직하고 진합니다. 그 위로 사람이 굴러도 빠지지도 않고 거칠 것도 없을 듯이 잔잔하고 평탄합니다."

몸이 불편한 그에게 있어 남쪽 바다는 더는 낭만의 대상이 아니었을 것이다. 그러니 그가 생각했던 곳이 아니었을 수밖에.

나도향과 이은상은 인연은 이은상이 와세다대학 사학부 수강생 시절 잠시 일본에 머물던 나도향과의 만남이 계기가 되었으며, 이후 나도향이 요절할 때까지 친한 벗으로 지냈다.

너무도 고달팠던 동화의 아버지

> 그는 고달팠다. 너무도 고달팠다. 남달리 세상을 위해 많은 일을 하느라고, 그의 몸은 몹시도 고달
> 팠다. 두 가지 잡지편집만으로도 고달팠을 터인데 학교일, 소년회일, 또 집안일에 고달프다, 고달프다
> 못해 아주 시들어버리고 말았다.

소파! 조선 어린이들의 가장 경모(敬慕, 깊이 존경하고 사모함)의 대
상이었던 동화의 아버지! 그를 세상에서 잃은 지도 벌써 일 년이 넘었다.
이제는 그의 이름조차 우리의 입에서 차차 사라져가고 있는 생각을 할
때 특별히 그가 남기고 간 위대한 업적을 생각하면 새삼스레 비통한 느
낌이 떠오름을 금할 수 없다.

그는 어렸을 때부터 몹시 불행한 사람이었다. 일찍이 자애로운 어머니
를 잃은 지 얼마 되지 않아 둘도 없이 믿고 의지했던 다정한 누님마저 잃
었다. 그리하여 가정적으로 은혜받지 못한, 글자 그대로 파란만장한 온
갖 고난을 맛보고 자란 조선의 불운아였다.

짧으나 짧은 삼십삼 평생을 오직 고귀한 땀과 눈물로만 싸우면서 소년
운동과 기타 여러 가지 사업에 심혈을 바쳐온 드문 일꾼 중 하나였다.

그는 고달팠다. 너무도 고달팠다. 남달리 세상을 위해 많은 일을 하느라고, 그의 몸은 몹시도 고달팠다. 두 가지 잡지편집만으로도 고달팠을 터인데 학교일, 소년회일, 또 집안일에 고달프다, 고달프다 못해 아주 시들어버리고 말았다. 그의 고달픈 얼굴의, 그의 시들은 얼굴의 웃음을 보기 전에, 그가 닦아놓은 화단에 꽃과 열매가 맺기 전에 그는 안타깝게도 우리의 곁을 떠나고 말았다.

그의 일주년 추모회를 끝마친 오늘에 다시금 그의 생전을 추억할 때 여러 가지로 눈물겨운 정경이 내 가슴을 허득이게(힘에 부쳐 쩔쩔매거나 괴로워하며 애쓰게 함) 한다.

그는 성격이 매우 엄격한 편이면서도 부드러웠고, 느리면서도 원만한 편이었다. 또한, 마음씨가 몹시 착했다. 사업을 위해서 불면불휴(不眠不休, 잠을 자지 않고 쉬지 않음)의 노력을 아끼지 않았다. 불쌍한 어린 사람들을 위해서는 자기 살이라도 깎아줄 듯이 다정하였다.

동화구연을 다니다가 지방 어린이 예찬자의 딱한 모습을 보고는 서울로 불러 이곳저곳에 취직을 시켜준 일이 한두 번이 아니었으며, 길거리에서 기한(飢寒, 굶주리고 헐벗어 배고프고 추움)에 우는 불쌍한 어린 룸펜(부랑자)에게 자기 주머니를 털어준 것도 한두 번이 아니었다. 그는 이렇게 어린 사람이라면 그 급을 가리지 않고 한결같이 자애롭게 굴어준 조선의 '페스탈로치'였다.

그는 또한 연설을 잘하였다. 그중에서도 동화구연에 있어서는 그를 따를 만한 사람이 아직까지도 전혀 없다고 단언할 만큼 뛰어난 능력을 자랑했다. 하여간 그의 연설은 청중에게 감격을 주지 않고는 배기지 못할 만큼 열과 힘이 있었다. 또 아무리 어려운 연설이라도 누구나 듣고 금방 이해할 수 있을 정도로 통속적인 데는 머리를 숙이지 않을 수 없었다.

그의 연설은 어린 사람의 마음을 좌우하고도 남을 만했다. 울리고 웃기는 것을 자기 음성과 표정 하나로 좌우하는 천재적 변설가였다. 그리하여 연단을 거쳐 또는 방송국의 '마이크'를 통해 조선의 어린 사람들을 얼마나 울리고 웃기었는지 그 수를 헤아릴 수가 없다. 그가 맨 처음 연설을 한 것은 겨우 열대여섯 살 때로 일본 잡지에서 읽은 탐정소설과 흥미 있는 이야기를 간추려서 일곱 시간이나 계속해서 하였다. 그러나 청중 누구 하나 지루함을 느끼지 않았다고 한다. 그만큼 그는 어렸을 때부터 이 방면에 대한 연구와 조예가 깊었다.

그뿐만 아니라, 4, 5년 전 어느 소년회에서 동화회가 열렸을 때의 일이다. 아직도 기억에 남아 있지만, 그때 선택한 제목이 〈산드룡의 유리구두〉라는 슬픈 이야기로, 내용은 계모 슬하에서 자라나는 '산드룡'이 계모가 데리고 온 두 딸 때문에 몹쓸 학대와 구박을 받았으나 결국 훌륭하게 된다는 것이었다. 당연히 회관 안은 모두 울음판이 되었는데, 이야기가 끝나자 갑자기 부인석에 있던 할머니 한 분이 두 눈이 퉁퉁 붓도록 흐느끼어 울면서 두 손을 합장하고 그의 앞으로 오더니,

"선생님 참말 감사합니다." 하고 허리를 굽혀 몇 번이나 절을 하였다.

그는 언뜻 더운데 수고했다는 소리로 잘못 알고,

"천만에요. 도리어 같지 않은 이야기를 들으시느라고 더 괴로우셨겠

습니다." 라고 하였더니, 할머니는 질겁하다시피 몸자세를 바꾸면서 이렇게 말했다.

"아니, 더우신데 괴로우셨겠지만, 그보다도 그 불쌍하고 마음 착한 '산드룡'이를 나중에 잘 되는 것으로 끝을 내주셔서 감사하다는 말씀입니다."

그만큼 그는 동화구연에 있어서 누구도 따라잡을 수 없는 훌륭한 수완가였다. 그뿐만 아니라〈어린이날〉기념식 때는 밤을 며칠씩이나 새다시피 하여 정작 당일에 가서는 연단에서 코피를 줄줄 흘리면서 "조선의 어린 대중이여! 복되게 잘 크소서! 잘 자라소서!"를 몇 번이나 불렀는지 모른다. 또《개문사》와 관계를 맺은 뒤부터는 회사의 일을 위해 자기의 고난은 모두 잊고 노력에 노력을 거듭하였다.

그는 머리가 좋은 사람이었다. 체격도 컸지만, 그 커다란 머릿속은 마치 '요지경' 속처럼 다방면에 대한 재주가 들어 있어서 그 머리가 한번 움직일 때마다 그의 입에서는 놀라운 안(案, 생각)이 툭툭 튀어나왔다. 아무리 어려운 일, 시급한 일이 생기더라도, 남이 애를 태울 만큼 태연한 태도로 앉아 있어도, 힘들이지 않고 그의 위대한 머리 하나로 턱턱 해결하고는 했다. 잡지편집에 있어서도, 영업에 있어서도, 또는 일반적으로 당하는 어려운 일에 있어서도 쉽게 타개해나갔다.

우리 모두가 당하는 설움이지만, 사회적으로 그렇게 헌신적인 노력을 한 지 햇수로 8,9년이 되었건만 자기 집 하나 없이 이리저리 쫓겨 다니면서 셋집 신세를 지면서도 그의 노력이 꾸준하였던 것을 보면 그 의지가 얼마나 꿋꿋하였으며, 얼마나 큰 정열가였는지 가히 알 수 있다.

끝으로, 나는 그의 샘솟듯 하는 정렬! 그 좋은 머리! 그 인자한 마음! 그 뛰어난 변설! 이 모든 것이 얼마나 아까운지 모르겠다.

그가 단명하였던 것도 자기의 몸을 돌보지 않고 여러 가지 사업에 과도한 노력을 한 것이 그 원인의 하나가 아니었을까 한다.

- 1932년 9월 〈동광〉 제37호

소파 방정환은 우리나라에서 처음으로 '어린이날'을 만들고, 처음으로 본격적인 아동문학과 어린이문화 운동을 일으킨 어린이 운동의 창시자다. 그만큼 그는 어린이를 아끼고 사랑했다.

"어린이를 '내 아들놈', '내 딸년'하고 자기 물건같이 알지 말고, 자기보다 한결 더 새로운 시대의 새 인물이란 것을 알아야 합니다. 어린이 뜻을 가볍게 보지 마십시오. 싹(어린이)을 위하는 나무는 잘 커가고 싹을 짓밟는 나무는 죽어 버립니다. 희망을 위해, 내일을 위해, 다 같이 어린이를 잘 키웁시다."

이는 소파 방정환이 1923년 첫 번째 어린이날을 기념해 쓴 글에서 어른들에게 호소한 말이다. 알다시피, 그는 '어린이'라는 말을 처음 만들어

낸 사람이기도 하다.

그는 기미년 3월 1일 독립선언문을 돌리다 일본 경찰에 잡혀 고문을 당하기도 했다. 이후 동화 집필, 구연동화, 출판 활동에 몰두했으며, 어린이들에게 동화를 들려주다가 과로로 쓰러진 후 서른두 살이라는 젊은 나이에 숨을 거두고 말았다. 그가 죽으면서 남긴 유언 역시 주목할 만하다.

"어린이를 두고 가니 잘 부탁하오."

그래서인지 그의 묘비명 또한 이와 연관 깊은 '동심여선(童心如仙, 어린이의 마음은 신선과 같다)'이다.

이정호는 방정환과 함께 어린이 운동의 핵심인물로 활동한 아동 문학가다. 그는 천도교에서 발행하는 잡지《개벽》사에 입사한 후 방정환과 함께《어린이》와《신여성》등의 잡지를 편집하는 한편 아동문학 연구단체인 〈별탑회〉를 조직해 아동문화 운동에 힘썼다. 특히 그가 세계 각국의 주옥같은 동화들을 번안해서 엮은《세계일주동화집》은 당시 어린이들로부터 많은 사랑을 받았는데, 사망 당시 자신과 함께 무덤 속에 묻어 달라는 유언을 남기기도 해 화제가 되었다.

이렇듯 두 사람의 인연은 참으로 깊고 두터웠다. 그러니 스승과도 같은 방정환을 잃은 이정호의 슬픔이 너무도 컸을 것은 어쩌면 당연했다. 그것은 시간이 흐른다고 해서 해결될 일도 아니었다. 그래서일까. 망우리에 있는 방정환의 무덤 아래 이정호의 무덤이 자리하고 있다.

벗을 위해
나는 쓰네 ———— Part 2

희유의 투사, 김유정

모자를 홱 벗어 던지고, 두루마기도 마고자도 민첩하게 턱 벗어 던지고, 두 팔 훌떡 부르걷고, 주먹
으로는 적의 볼따구니를, 발길로는 적의 사타구니를 격파하고도 오히려 행유여력(行有餘力)에 엉덩
방아를 찧고야 그치는 희유(稀有)의 투사가 있으니 김유정이다.

　암만해도 성을 안 낼 뿐만 아니라 누구를 대할 때든지 늘 좋은 낯으로
해야 쓰느니 하는 타입의 우수한 견본(見本, 본보기)이 김기림이라. 좋
은 낯을 하기는 해도 적이 비례(非禮, 예의에 어긋남)를 했다거나 끔찍
이 못난 소리를 했다거나 하면 잠자코 속으로만 꿀꺽 업신여기고 그만두
는, 그렇기 때문에 근시 안경을 쓴 위험인물이 박태원이다. 업신여겨야
할 경우에 "이놈! 네까진 놈이 뭘 아느냐." 라든가, 성을 내면 "여! 어디 덤
벼 봐라." 쯤 할 줄 아는, 하되, 그저 그럴 줄 알다 뿐이지 그만큼 해두고 주
저앉는 파(派)에, 고만 이유로 코밑에 수염을 저축한 정지용이 있다. 모
자를 홱 벗어 던지고, 두루마기도 마고자도 민첩하게 턱 벗어 던지고, 두
팔 홀떡 부르걷고, 주먹으로는 적의 볼따구니를, 발길로는 적의 사타구
니를 격파하고도 오히려 행유여력(行有餘力, 일을 다 하고도 오히려 힘

이 남음)에 엉덩방아를 찧고야 그치는 희유(稀有, 흔하지 않음)의 투사가 있으니 김유정이다.

누구든지 속지 말라. 이 시인 가운데 쌍벽과 소설가 중 쌍벽은 약속하고 분만된 듯이 교만하다. 이들이 무슨 경우에 어떤 얼굴을 했댔자 기실은 그 즐만(驚慢)에서 산출된 표정의 디포메이션 외의 아무것도 아니니까. 참 위험하기 짝이 없는 분들이라는 것이다.

이분들을 설복할 아무런 학설도 이 천하에는 없다. 이렇게들 또 고집이 세다. 나는 자고로 이렇게 교만하고 고집 센 예술가를 좋아한다. 큰 예술가는 그저 누구보다도 교만해야 한다는 일이 내 지론이다.

다행히 이 네 분은 서로들 친하다. 서로 친한 이분들과 친한 나 불초 이상이 보니까 여상(如上, 위와 같음)의 성격의 순차적 차이가 있는 것은 재미있다. 이것은 혹 불행히 나 혼자의 재미에 그칠는지 우려되지만 그래도 좀 재미있어야 하겠다.

작품 이외의 이분들의 일을 적확히 묘파해서 써내 비교 교우학을 결정적으로 여실히 하겠다는 비장한 복안이거늘, 소설을 쓸 작정이다. 네 분을 각각 주인으로 하는 네 편의 소설이다.

그런데 족보에 없는 비평가 김문집 선생이 내 소설에 59점이라는 좀 참담한 채점을 해놓으셨다. 59점이면 낙제다. 한 끗만 더 했더라면⋯⋯ 그러니까 서울말로 '낙제 첫찌'다. 나는 참담했습니다. 다시는 소설을 안 쓸 작정입니다⋯⋯는 즉, 거짓말이고, 이 경우에 내 어쭙잖은 글이 네 분의 심사를 건드린다거나 읽는 이들의 조소를 산다거나 하지나 않을까 생각을 하니, 아닌 게 아니라 등허리가 꽤 서늘하다. 그렇거든 59점짜리가 그럼 그렇지 하고 그저 눌러 덮어 주어야겠고, 뜻밖에 제법 되었거든 네 분이 선봉을 서서 김문집 선생께 좀 잘 말해 주셔서 부디 급제 좀 시켜 주시기 바랍니다.

김유정 편

이 유정은 겨울이면 모자를 쓰지 않는다. 그러면 탈모인가? 그의 그 더벅머리 위에는 참 우굴쭈굴(우그렁쭈그렁, 여러 군데가 안쪽으로 우묵하게 들어가고 주름이 많이 지게 쭈그러진 모양)한 벙거지가 얹혀 있는 것이다. 나는 걸핏하면,

"김형! 그 김형이 쓰신 모자는 모자가 아닙니다."

"김형!(이 김형이라는 호칭인즉슨 '이상'을 가리키는 말이다. 이상의 본명은 김해경) 거 어떡하시는 말씀입니까?"

"거 벙거지, 벙거지지요."

"벙거지! 벙거지! 옳습니다."

태원도 회남도 유정의 모자를 인정하지 않는다. 벙거지라고밖에! 엔간해서 술이 잘 안 취하는데 취하기만 하면 딴사람이 되고 만다. 그것은 무엇을 보고 아느냐 하면……. 보통으로 주먹을 쥐고 쓱 둘째손가락만 쏙 펴면 사람 가리키는 신호가 되는데, 이래서는 그 벙거지 차양 밑을 후벼 파면서 나사못 박는 흉내를 내는 것이다. 하릴없이 젖먹이 곤지곤지 형용이 틀림없다.

《창문사》에서 내가 집무랍시고 하는 중에 떠억 나를 찾아온다. 와서는 내 집무 책상 앞에 마주 앉는다. 앉아서는 바위 덩어리처럼 말이 없다. 난들 또 무슨 그리 신통한 이야기가 있으리오. 그저 서로 벙벙히 앉아있는 동안에 나는 나대로 교정 등속 일을 한다. 가지가지 부호를 써서 내가 교정을 보고 있노라면, 그는 불쑥,

"김 형! 거 지금 그 표는 어떡하라는 표요?"

이런다. 그럼 나는 기가 막혀서,

"이거요, 글자가 곤두섰으니 바로 놓으란 표지요."

하고 나서는 또 그만이다. 이렇게 평소의 유정은 뚱보(심술 난 것처럼 뚱해서 붙임성이 적은 사람)다. 이런 양반이 그 곤지곤지만 시작되면 통성(通姓) 다시 해야 한다.

그날 나도 초저녁에 술을 좀 먹고 곤해서 한참 자는데 별안간 대문을 두드리는 소리가 요란하다. 1시나 가까웠는데…… 하고 눈을 비비고 나가 보니까 유정이 B군과 S군과 작반(作伴, 동행자나 동무로 삼음)해 와서 이 야단이 아닌가. 유정은 연이어 멀쩡히 곤지곤지 중이다. 나는 일견에 '이크! 이건 곤지곤지구나' 하고 내심 벌써 각오한 바가 있자니까 나가잔다.

"김 형! 이 유정이가 오늘 술 좀 먹었습니다. 김 형! 우리 또 한 잔 하십시다."

"아따, 그러십시다그려."

이래서 나도 내 벙거지를 쓰고 나섰다. 나는 단박에 취해버려서 역시

그 비장의 가요를 기탄없이 내뽑는가 싶다. 이렇게 밤이 늦었는데 가무음곡으로써 가구(街衢, 길거리)를 소란케 하는 것은 법규상 안 된다. 그래 주파(酒婆, 술을 파는 여자)가 이러니저러니 좀 했더니 S군과 B군은 불온하기 짝이 없는 언사로 주파를 탄압하면, 유정은 또 주파를 의미 깊게 흘깃 한번 흘겨보더니,

"김 형! 우리 소리 합시다."

하고 그 척척 붙어 올라올 것 같은 끈적끈적한 목소리로 〈강원도 아리랑〉 '팔만구천암자'를 내뽑는다. 이 유정의 〈강원도 아리랑〉은 바야흐로 천하일품의 경지다.

나는 소독 젓가락으로 추탕 보시기(김치나 깍두기 따위의 반찬을 담는 작은 사발) 전을 갈기면서 장단을 맞춰 좋아하는데, 가만히 보니까 한쪽에서 S군과 B군이 불화다. 취중 문학담이 자연 아마 그리된 모양인데 부전부전(남의 사정은 돌보지 아니하고 자기가 하고 싶은 일에만 서두르는 모양)하게 유정이 또 거기가 한몫 끼이는 것이다. 나는 술들이나 먹지 저 왜들 저러누 하고 서서 보고만 있으니까, 유정이 예의 그 벙거지를 떡 벗어 던지더니 두루마기 마고자 저고리를 차례로 벗어던지고는 S군과 맞달라 붙는 것이 아닌가.

싸움의 테마는 아마 춘원의 문학적 가치 운운이었던 모양인데, 어쨌든 피차 어지간히들 취중이라 문학은 저리 집어치우고 이제 문제는 체력이다. 뺨도 치고 제법 태권도들 한다. B군은 이리 비틀 저리 비틀하면서 유정의 착의일식(着衣一式, 입고 있던 옷)을 주워들고 바로 뜯어말린답시

고 한가운데 끼어서 꾸기적꾸기적하는데 가는 발길 오는 발길에 이래저래 피해가 많은 꼴이다.

놀란 것은 주파와 나다.

주파는 술은 더 못 팔아도 좋으니 이분들을 좀 밖으로 모셔 내라는 애원이다. 나는 S군과 협력해서 가까스로 용사들을 밖으로 끌고 나오기는 나왔으나 이번에는 자동차가 줄지어 왕래하는 대로 한복판에서들 활약이다. 구경꾼이 금시로 모여든다. 용사들의 사기는 백열화한다.

나는 섣불리 좀 뜯어말리는 체하다가 얼떨결에 벙거지 벗어진 것이 당장 용사들의 군용화에 유린을 당하고 말았다. 그만 나는 어이가 없어서 전선주에 가 기대서서 이 만화를 서서히 감상하자니까…… B군은 이건 또 언제 어디서 획득했는지 모를 5홉들이 술병을 거꾸로 쥐고 육모방망이 내 휘두르듯 하면서 중재 중인데 여전히 피해가 크다. B군은 이윽고 그 술병을 한번 허공에 한층 높이 내 휘두르더니 그 우렁찬 목소리로 산명곡응(山鳴谷應, 산이 울면 골짜기가 응한다는 뜻으로, 소리가 산과 골짜기에 울림을 이르는 말)하라고 최후의 대갈일성을 시험해도 전황은 여전하다.

B군은 그만 화가 벌컥 난 모양이다. 그 술병을 지면 위에다 내던지고 가로대,

"네놈들을 내 한꺼번에 죽이겠다."

고 결의의 빛을 표시하더니 좌충우돌로 동에 번쩍 서에 번쩍해서 S군, 유정의 분간이 없이 막 구타하기 시작이다.

이 광경을 본 나도 놀랐거니와 더욱 놀란 것은 전사 두 사람이다. 여태 껏 싸움 말리는 역할을 하노라고 하던 B군이 별안간 이처럼 태도를 표변 하니 교전하던 양인이 놀라지 않을 수가 없다.

B군은 우선 유정의 턱밑을 주먹으로 공격했다. 경악한 유정이 방어 자세를 취하면서 한쪽으로 비키니까, B군은 이번에는 S군을 걷어찼다. S군은 눈이 뚱그래져서 역(亦, 역시) 한쪽으로 비키면서 이건 또 무슨 생 각으로,

"너 유정이! 덤벼라."

"오냐! S! 너! 나한테 좀 맞아 봐라."

하면서 원래의 적이 다시금 달라붙으니까 B군은 그냥 두 사람을 얼러 서 걷어차면서 주먹비를 내리는 것이다. 두 사람은 일제히 공세를 B군에 게로 모아 가지고 쉽사리 B군을 격퇴한 다음 이어 본전(本戰)을 계속 중 에 B군은 이번에는 S군의 불두덩을 걷어찼다. 노발대발한 S군은 B군을 향하여 맹렬한 일축(一蹴)을 수행하니까, 이 틈을 타서 유정은 S군에게 이 또한 그만 못지않은 일축을 결행한다. 이러면 B군은 또 선수(船首)를 돌려 유정을 겨누어 거룩한 일축을 발사한다. 유정은 S군을, S군은 B군 을, B군은 유정을, 유정은 S군을, S군은……

이것은 그냥 상상만으로도 족히 포복절도할 절경임이 틀림없다. 나는 그만 내 벙거지가 여지없이 파멸한 것은 활연(豁, 환하게 터져 시원함)히 잊어버리고 웃음보가 곧 터질 지경인 것을 억지로 참고 있자니까, 사람 은 점점 꼬여 드는데 이 진무류(珍無類, 비할 데 없이 진기함)의 혼전은

언제나 끝날는지 자못 묘연하다.

이때 옆 골목으로부터 순행하던 경관이 칼 소리를 내면서 나왔다. 나와서 가만히 보니까 이건 싸움은 싸움인 모양인데, 대체 누가 누구하고 싸우는 것인지 종잡을 수가 없는 것이다. 경관도 기가 막혀서,

"이게 날이 너무 춥더니 실진(失眞)들을 한 게로군."

하는 모양으로 뒷짐을 지고 서서 한참이나 원망한 끝에 대갈일성,

"가에—렛!"

나는 이 추운 날 유치장에 들어갔다가는 큰일이겠으므로,

"곧 집으로 데리고 가겠습니다. 용서하십쇼. 다들 술이 몹시 취해서 그렇습니다."

하고 고두백배(叩頭百拜, 머리를 조아리며 몇 번이고 거듭 절함)한 것이다. 경관의 두 번째 '가에—렛' 소리에 겨우 이 삼국지는 아마 종식하였던가 한다.

이 이야기를 듣고 태원(소설가 박태원)이 "거 요코미쓰 리이치의 〈기계〉 같소그려."라고 하였다(물론 이 세 친구는 그 이튿날은 언제 그런 일이 있었냐는 듯이 계속하여 정다웠다).

유정은 폐가 거의 결딴나다시피 못 쓰게 되었다. 그가 웃통 벗은 것을 보았는데 기구한 유신(廋身, 몸)이 나와 비슷하다. 늘 "김 형이 그저 두 달만 약주를 끊었으면 건강해질 텐데."

해도 막무가내더니, 지난 7월부터 마음을 돌려 정릉리 어느 절간에 숨어 정양 중이라니, 추풍이 점기(漸起, 점점 일어남)에 건강한 유정을 맞

을 생각을 하면 나도 독자도 함께 기쁘다.

- 사후(死後) 발표, 1939년 5월 《청색지》

이상과 김유정은 한국 문학이 낳은 천재 작가들이다. 하지만 두 사람 모두 채 서른을 넘지 못하고 요절하고 말았다. 먼저 김유정이 1937년 3월 29일 스물아홉의 나이로 세상을 떠나자, 그로부터 20여 일 후인 4월 17일 이상 역시 스물일곱이란 나이로 불귀의 객이 되고 말았다. 이에 그의 친구들은 두 사람의 합동 영결식을 치렀다.

해학과 풍자로 대변되는 김유정의 문학과 허무와 초현실주의로 대변되는 이상의 문학을 생각하면 두 사람 사이의 공통분모는 그리 없어 보이는 게 사실이다.

하지만 두 사람은 여러 면에서 서로 닮아 있었다.

먼저, 둘 다 집안 환경이 불우했다. 알다시피, 이상은 젖을 뗄 무렵 큰아버지의 양자로 들어갔다가 스물넷에 집으로 돌아왔지만, 집이 워낙 가난했던 탓에 가장 역할을 해야만 했다. 김유정 역시 지주의 아들로 태어나긴 했지만, 아버지 사망 후 형의 방탕한 생활로 인해 가세가 급격히 기운 나머지 밥장사를 하던 누이의 집에 얹혀살아야 했다.

여기에 두 사람 모두 실연의 아픔을 맛보았다. 이상에게는 '금홍이'라는 여인이 있었고, 김유정은 나중에 명창이 된 유부녀 박녹주를 짝사랑했다. 하지만 거기까지였다. 누구도 그들의 사랑을 받아주지 않았다.

두 사람은 폐결핵에 꽁꽁 묶여 있었다. 이상은 스무 살 무렵부터 각혈을 했고, 김유정은 스물다섯에 발병했다.

1936년 가을, 김유정이 정릉 근처의 산중 암자에서 요양하고 있을 때 이상이 그를 찾은 적이 있다. 일본으로 떠나기 전 작별인사를 하기 위해서였지만, 본심은 따로 있었다.

눈에 띄게 삐쩍 마른 김유정을 바라보며 이상이 물었다.

"김 형, 각혈은 여전하십니까?"

"그날이 그날 같습니다."

그러자 이상은 잠시 머뭇거리더니, 유정에게 다음과 같은 제안을 한다.

"김 형! 김 형만 괜찮다면…… 우리 같이 죽읍시다!"

동반자살을 제안한 것이다. 그러나 김유정은 자기는 내년에도 소설을 쓰겠다며 이를 단호히 거부했다. 그 모습을 이상은 한참 동안 바라보다가 못내 슬픈 얼굴로 뒤돌아서야만 했고, 이를 지켜본 김유정은 부끄러운 줄도 모르고 큰 소리로 울었다. 그것이 두 사람의 마지막 만남이었다.

조선 정조의 진실한 이해자이자 재현가

그가 읊은 모든 노래는 순전한 조선 사람의 마음이요, 촌로들도 넉넉히 이해할 수 있는 감정이었다.
간단하게 말하자면, 조선 정조의 진실한 이해자요, 조선 감정의 진실한 재현자요, 조선말 구치(驅馳,
분주하게 노력함)의 귀재 — 그것이 우리의 시인 소월이었다.

나는 소월과 일면식도 없다. 2, 3회의 문통(文通, 편지)은 있었지만 그 필적조차 기억에 희미하다.

내가 소월의 이름을 처음으로 기억한 것은 지금으로부터 8, 9년 전 잡지 《창조》가 제5호인가 6호인가 쯤 되었을 때였었다. 그때 소월은 스승 안서(岸曙, 시인 김억의 필명)를 통해 시를 한 편 투고하였다. 나는 그 원고를 보았다. 그리고 '불용품(不用品, 쓰지 않거나 못 쓰게 된 물품. '못 쓰는 물건', '안 쓰는 물건'으로 순화)'이라는 적주(赤註, 붉게 표시함)를 달아서 왼편 서랍에 넣어두었다.

그때 사용하던 안서의 원고용지는 좀 유다른(여느 것과는 아주 다름) 것이었다. 괘지(掛紙, 두루마리 편지나 문서 등을 싸는 종이)와 같이 접는 원고용지로서 가운데는 '안기용고(岸嗜用稿)'라고 인쇄하고 세로

와 가로글자를 좇아서 1, 2, 3, 4 번호를 매긴 별한 원고용지로 낮은 롤지에다 청색으로 찍었었다. 그런데 그때 투고한 소월의 시(詩) 용지는 꼭 안서의 것과 같은데, 다만 '안서'라는 글자 대신으로 '소월'이란 글자가 있었을 뿐이었었다.

시의 내용은 기억하지 못하지만 '달이 여사여사(이러이러)하였어라', '꿈이 여사여사하여라.' 이러한 것으로서 안서의 졸악(拙惡, 옹졸하고 못나며 거칠고 나쁨)한 면만 그대로 흉내 낸 것이었다.

나는 문예상의 '흉내'라는 것을 경멸하는 사람이었었다. 그래서 그 원고를 집어치우고 작은 안서(岸曙)의 장래를 무시해버렸다. 그러나 그 이름만은 기억에 그냥 남아 있었으니, 동성동명(同姓同名)의 어떤 기생을 알기 때문이었었다.

그로부터 2, 3년 뒤였었다. 안서는 그때 낮은 갱지에 아주 보기 싫은 모양의 진홍색으로 원고용지를 박았다. 그것을 기억하였던 나는 그 뒤, 어느 날 안서의 집에서 그 원고용지와 꼭 같은 소월의 원고용지를 다시 발견하였다. 이 두 번째의 발견은 내게 제2의 안서인 소월의 장래를 영원히 또한 철저히 무시하기를 주저하지 않게 만들었다. 그때는 기생 김소월의 기억조차 거의 없어져 갈 때였었다. 그러므로 작은 안서 소월에 관한 기억은 나의 머리에 겨우 흔적만 남아 있을 뿐이었다.

그러다가 다시 1년이라는 시간이 지났다. 어느 날 잡지 《개벽》을 뒤적이던 나는 거기서 소월의 〈삭주구성(朔州龜城)〉을 보았다. 그리고 재독 삼독을 한 뒤에 책을 내던지며 탄식하였다. ―사람은 속단이라는 것을 삼갈 것이라고.

물로 사흘 배 사흘

먼 삼천 리

더더구나 걸어 넘는 먼 삼천 리

삭주구성(朔州龜城)은 산을 넘은 육천 리요

물 맞아 함빡이 젖은 제비도

가다가 비에 걸려 오노랍니다.

저녁에는 높은 산

밤에 높은 산

삭주구성은 산 넘어

먼 육천 리

가끔가끔 꿈에는 사오천 리

가다오다 돌아오는 길이겠지요

서로 떠난 몸이길래 몸이 그리워

님을 둔 곳이길래 곳이 그리워

못 보았소 새들도 집이 그리워

남북으로 오며가며 아니합디까

들 끝에 날아가는 나는 구름은
반쯤은 어디 바로 가 있을 텐고
삭주구성은 산 넘어
먼 육천 리

　　-김소월, 〈삭주구성〉

　그러나 돌이켜 생각할 때 나는 이 시의 어느 점에 반하여 재독 삼독하였을까. 말하자면 단(單, 오직 그것뿐임)히 문자의 유희였다.
　구구(句句, 한 구 한 구마다)이 뜯어 볼 때 한 구는 의미를 통할 수 없었다. 마치 주문과 같은 말을 7·5조로 벌여 놓은 따름이었었다. 그러나 그 전편을 통독한 뒤에 독자의 머리에 걸리는 '통일된 감정'과 천 근 같은 무게는 무엇인가. 마치 우리의 유년 시대의 꿈과 같이 우리의 온 신경을 누르며 우리의 정열로써 숨 막히게 하는 그 '힘'은 무엇인가. 앨런 포(미국의 시인이자 추리소설의 창시자)의 어떤 소설처럼 우리로 하여금 신비적 공포에 몸을 소스라치게 하는 그 마력은 어디서 나온 것인가. 여기에 소월의 승리가 있다. 수수께끼와 같은 연락 없는 말을 줄로 써놓은 듯해도 그것을 읽은 뒤 독자는 그 신비적 공포에 도취된다.

　꿈? 영(靈)의 해적임, 설움의 고향
　울자, 내 사랑, 꽃 지고 저무는 봄

　　-김소월, 〈꿈〉

살았대나 죽었대나 같은 말을 가지고

사람은 살아서 늙어서야 죽나니

그러하면 그 역시 그럴 듯도 한 일을

하필(何必)코 내 몸이라 그 무엇이 어째서

오늘도 산마루에 올라서서 우느냐.

-김소월, 〈생(生)과 사(死)〉

야반(夜半, 밤중)에 울려오는 인(人)의 통곡성과도 같이 읽는 사람의 소름을 끼치게 하는 그 마력. 여기 소월의 승리가 있었다. 나는 조선의 시인 중 아직껏 소월만큼 조선말을 자유자재로 구사한 사람을 보지 못하였다.

시집와서 삼 년

오는 봄은

거친 별 난 별에 왔습니다

거친 별 난 별에 피는 꽃은

졌다가도 피노라 이릅디다

소식 없이 기다린

이태 삼 년

바로 가던 앞 강이 간 봄부터

굽어 돌아 휘돌아 흐른다고
그러나 말마소, 앞 여울의
물빛은 예대로 푸르렀소

시집와서 삼 년
어느 때나
터진 개여울의 여울물은
거친 별 난 별에 흘렀습니다.

-김소월, 〈무심〉

그리운 우리 님은 어디 계신고
날마다 피어나는 우리 님 생각
날마다 뒷산에 홀로 앉아서
날마다 풀을 따서 물에 던져요.

-김소월, 〈풀따기〉 제2절

당신을 생각하면 지금이라도
비 오는 모래밭에 오는 눈물의
추거운 베갯가의 꿈은 있지만
당신은 잊어버린 설움이외다

-김소월, 〈님에게〉 마지막 절

**벗을 잃고
나는 쓰네**

아, 이처럼 교묘한 '말의 유희'가 어디 있을까. 그는 마치 자기가 조선말을 발명한 듯이 기탄없이 자유자재로 썼다.

요한(시인이자 소설가 주요한)이 신시(新詩, 자유시)를 개척하여 놓은 뒤 아직껏 쓰지 않던 새로운 시 용어가 많이 생겨났다. 안서가 불시(佛詩, 프랑스 시)를 소개하고 이어서 자기의 창작도 발표한 뒤부터는 블란서식 감정의 시 용어도 많이 나타났다. 그러나 아직껏 순정한 조선 사람의 감정을 나타낼 만한 조선말은 시단에 나타난 일이 없었다. 소월이 그 첫 길을 열어놓았다. 그뿐만 아니라 소월은 조선 사람의 감정을 알았다. 요한이나 안서의 시에 나타난 감정의 경우 다양한 지식을 가진 사람이 아니면 이해할 수 없지만, 소월의 시에 나타난 감정은 시골 과부들의 노래를 새로운 표현으로 다시 나타냈을 따름이었었다. 그리고 그것은 다시 말하자면 조선 재래의 민요, 바로 그것이었었다.

세월이 물과 같이 흐른 두 달은
길어둔 독엣물도 찌었지마는
가면서 함께 가자던 말씀은
살아서 살을 맞는 표적이외다

봄풀은 봄이 되면 돈아나지만
나무는 밑그루를 꺾은 셈이요
새라면 두 죽지가 상(傷)한 셈이라

내 몸에 꽃필 날은 다시없구나

밤마다 닭소리라 날이 첫시(時)면
당신의 넋 맞이로 나가볼 때요
그믐에 지는 달이 산(山)에 걸리면
당신의 길신가리 차릴 때외다

세월은 물과 같이 흘러가지만
가면서 함께 가자하던 말씀은
당신을 아주 잊던 말씀이지만
죽기 전(前) 또 못 잊을 말씀이외다.

　-김소월, 〈님의 말씀〉

　　나는 이 시인의 생장을 도무지(아무리 해도) 모른다. 그러나 그의 시를
통해 그 윤곽의 암시는 얻을 수 있다. 요한의 시에서 꽃이면 호박꽃, 살구
꽃, 복사꽃이요, 인물이라면 어린 남녀들뿐이요, 사랑이라면 달빛이나 꽃
에 대한 사랑뿐인 것이 그의 유년 시대를 암시하는 것이라면, 소월에게도
같은 말을 할 수 있다. 진달래꽃과 많은 갈매기와 어부, 바다 노을, 뒷산,
과부—이런 것은 그의 유년 시대의 환경을 말하는 것이라고 볼 수 있다.
　　이러한 서로 다른 환경 아래서 자란 두 시인의 시의 차이는 매우 재미
있다. 요한의 시를 15, 16세의 소녀의 남모르는 사랑의 애끓는 가슴으로

비길진대, 소월의 시는 정욕에 불붙는 과부의 열정으로 볼 수 있다. 아니, 이것은 그들의 시뿐이 아니라 그들의 연애에 대한 관찰과 태도 역시 그와 같다고 할 수 있다.

등대의 불은 꺼졌다 살았다
그대의 마음은 더웠다 식었다
등대는 배가 그리워 그리하는지
그대는 내가 싫어서 그리하는지
배는 그리워도 바위가 막히어
밤마다 타는 불 평생 탈밖에
싫다고 가는 님은 가는 님은
애초에 만나지나 않았던들.

－주요한의 〈등대〉

나 보기가 역겨워
가실 때에는
말없이 고이 보내 드리우리다.

영변에 약산
진달래꽃
아름 따다 가실 길에 뿌리우리다.

가시는 걸음걸음

놓인 그 꽃을

사뿐히 즈려밟고 가시옵소서.

나 보기가 역겨워

가실 때에는

죽어도 아니 눈물 흘리우리다.

-김소월,〈진달래꽃〉

날 저물고 돋는 달에

흰 물은 쌀쌀……

금모래 반짝…….

청(靑)노새 몰고 가는 낭군!

여기는 강촌(江村)

강촌에 내 몸은 홀로 사네.

말하자면, 나도 나도

늦은 봄 오늘이 다 진(盡)토록

백년처권(百年妻眷)을 울고 가네.

길쎄 저문 나는 선비,

당신은 강촌에 홀로된 몸.

-김소월,〈강촌〉

홀로된 그 여자

근일(近日)에 와서는 후살이 간다 하여라.

그렇지 않으랴, 그 사람 떠나서

이제 십 년, 저 혼자 더 살은 오늘날에 와서야……

모두 다 그럴듯한 사람 사는 일일레요.

-김소월, 〈후살이〉

이렇듯 그가 읊은 모든 노래는 순전한 조선 사람의 마음이요, 촌로들도 넉넉히 이해할 수 있는 감정이었다. 일본의 가인(歌人, 시인) 다카하마 기요시(필명은 다카하마 교시)가 조선을 만유(漫遊, 한가로이 이곳저곳을 두루 다니며 구경하고 놂)하는 동안 민요 〈아리랑〉을 듣고 그의 작품《조선》에서 말한 '망국적이라고 말하고 싶은 애조(哀調, 구슬픈 곡조)'는 소월의 온갖 시에 풍부하게 나타나 있다. 그 애조야말로 누누 수천 년간 향문(鄕問)의 부녀들에게 전하여 내려온바 그 조선 '미나리(슬프고 처량한 음조를 띤 조선 고유의 노래)'가 가지고 있는 그 애조에 다름 아니었다. 그리고 그것을 소설 특유의 '희롱'이라고까지 형용하고 싶은 방분(放奔, 제멋대로 나아가 거침없음)한 서사 기술로써 적어 놓은 것이 소월의 시였다. 간단하게 말하자면, 조선 정조의 진실한 이해자요, 조선 감정의 진실한 재현자요, 조선말 구치(驅馳, 분주하게 노력함)의 귀재─그것이 우리의 시인 소월이었다.

속담에 "두각을 나타낸다."는 말과 "아무리 옥이라도 갈지 않으면 빛을 못 낸다.”는 말이 있다. 김정식(金廷湜, 김소월의 본명)이 작은 안서에서 소월로 변화한 것은 두각을 나타낸 것인지, 끊임없는 수양의 결과인지 알 순 없다. 그러나 그 중간 시기가 있었음은 능히 짐작할 수 있다. 나는 그의 시집《진달래꽃》에서 그 중간 시기의 작품을 골라 보느라고 애를 썼다. 시에 작(作) 년월(年月)이 기재되어 있지 않으니 쉽게 짐작할 수가 없었기 때문이다.

> 벗은 설움에서 반갑고
> 님은 사랑에서 좋아라.
> 딸기꽃 피어서 향기로운 때를
> 고초(苦椒)의 붉은 열매 익어가는 밤을
> 그대여, 부르라, 나는 마시리.
>
> **-김소월, 〈님과 벗〉**

이러한 몇 편의 시가 그의 중간 시기의 것인지 어떤지는 알 수 없다. 그러나 그의 중간 시기로서 이러한 시작(詩作)의 몇 해가 있었을 것으로 충분히 짐작된다. 안서식 서사법과 안서식 형용사로 둘러싸인 소월의 본체가 그 차용물(借用物, 빌려 쓴 물건)인 껍질을 깨뜨리고 애쓴 몇 해가 있었을 줄 안다. 그리고 그 껍질을 깨뜨리고 나타난 것이 〈삭주구성〉 시대로부터 지금까지의 소월이었다.

나는 조금 전에 소월을 전혀 모른다고 하였다. 개인적으로는 나는 그를 조금도 모른다. 그러나 남이 모르는 '여인으로서의 소월'의 일면을 나는 안다.

5년 전, 내가 《영대》를 편집할 때 소월은(그는 꼭 모필(毛筆)로써 원고를 썼다) 원고와 별편(別便, 별도로 보내는 편지)을 내게 보내온 적이 있다. 그 편지에는 '구절점(句節點, 여러 개의 이름을 연달아 사용할 때 사용하는 문장부호. 즉, 쉼표)을 주의하여 원고와 틀림없도록 주의하여 달라'는 말이 쓰여 있었다.

사실 조선은 인쇄 기술이 열악하여 인쇄공의 주의로 '입물(込物 사이에 채우는 물건)' 콤마 등을 약(畧, 생략함)도 하고 가(加, 첨가함)도 하며, 편자 혹은 교정자의 몰상식으로 인해 작품상 용어의 정정도 하는 일이 흔하다. 그러므로 '작품은 인격'이라는 말은 조선에서는 쓰기가 어려운 바다. 이러한 것을 특히 별편으로 주의해 보낸 데는 소월의 작품에 대한 충실함과 자기 작품을 존경하는 경건한 태도와 긍지가 있기 때문이었다. 사실 다른 곳에서도 그렇거니와, 특히 시에 있어서는 한 구가 위에 붙는 것과 아래 붙는 것으로 그 뜻이 온전히 달라질 수 있다.

이상, 나는 소월에게 관한 말을 대략 썼다. 한 사람을 논하려면 어찌 이것만으로 충분하랴만, 소월의 시인으로서의 일면은 대략 말하였다고 생각한다. 좌우간, 그는 자기 작품에 매우 충실한 사람임이 틀림없다. 특히 조선 정조를 가장 잘 이해하는 사람이고, 조선 민중과 시가를 접근시킬 가장 큰 인물이다.

– 1929년 12월 10~12일 《조선일보》

엄마야 누나야 강변 살자

뜰에는 반짝이는 금모래 빛

뒷문 밖에는 갈잎의 노래

엄마야 누나야 강변 살자.

누구나 어린 시절 이 노래를 부르곤 했다. 김소월의 시 〈엄마야 누나야〉다. 김소월 시 특유의 간결한 운율에 담긴 애절한 한과 사랑의 정서가 남녀노소 가리지 않고 그의 시를 노래하게 했다. 그러고 보니 그의 시 중에는 가요나 가곡 등의 노랫말로 쓰여 대중적으로 친숙해진 작품이 많다. 깊은 울림을 주기 때문이다. 〈진달래꽃〉, 〈개여울〉, 〈산수화〉 등이 바로 그것이다.

김소월. 그가 한국 현대시를 대표하는 시인으로 성장할 수 있었던 것은 오산학교 시절 스승 김억을 만나면서부터다. 김억은 그의 재주를 일찍부터 알아보고 그의 시가 활짝 꽃필 수 있도록 도왔다. 그 결과, 20대에 들어서면서부터 그는 수많은 작품을 쏟아내기 시작했다. 〈금잔디〉, 〈첫 치마〉, 〈진달래꽃〉, 〈강촌〉 등이 바로 이 시기에 쓴 것이다. 시집 《진달래꽃》이 출판된 것은 1925년이었다. 그의 유일한 시집이기도 한 《진달래꽃》은 한국 시단의 새로운 이정표로 평가받고 있다. 그도 그럴 것이 이국적인 표현들이 주류를 이루었던 당시 시단에서 토속적인 이미지를 담은 《진달래꽃》의 출간은 큰 충격이었기 때문이다.

그의 시는 기존의 시와 확연히 달랐다. 하지만 출간 당시에는 초판 200부도 다 팔리지 않았을 만큼 대중들에게 인정받지 못했다.

그의 시 속에는 우리 민족의 한과 슬픔이 담겨 있다. 그를 민족시인이라 부르는 이유다. 여기에는 그의 개인적인 삶도 어느 정도 반영된 것으로 보인다. 시만 써서는 가족의 생계를 책임질 수 없었고, 연이은 사업 실패로 인해 끊임없이 괴로워해야 했기 때문이다. 이에 서른셋의 젊은 가장은 끝내 젊은 부인과 어린아이들을 남겨둔 채 세상을 등지고 말았다.

한국인이 가장 사랑하는 시인, 김소월. 그의 시는 오늘날까지도 많은 사랑을 받고 있지만 33년이라는 짧았던 삶에 대해서는 제대로 전해진 것이 없다. 그러다 보니 때로는 오해와 억측이 난무하기도 한다. 하지만 그의 시만큼은 오롯이 남아 우리의 가슴을 촉촉이 적셔주고 있다.

유년 시대와 고향에 대한 순수한 동경

요한은 사회인으로 성공하였다. 그러나 사회인으로의 성공이 크면 클수록 시인으로서의 요한의 그림자는 엷어 간다. 사회인이 되면 문학의 학도가 될 수 없다는 말은 절대 아니다. 그러나 요한은 그의 생장과 성격에 미루어 보건대 사회인이 되면 될수록 그의 시원(詩園, 시의 세계)은 그에 반비례해 줄어드는 종류의 사람이다.

3년 전에 《현대평론》에 '소설가의 시인 평'이란 제목 아래 김억에 관해서 쓴 일이 있다. 그리고 연하여 조선의 현대 시인 전부를 차례로 평해보려 하였다. 그러나 김억론을 발표한 뒤 갑자기 주위의 사정 변화와 생활의 격변 등으로 인해 3년을 허송세월하고 말았다. 때때로 계속해서 쓰고 싶은 생각이 없지는 않았으나 참고서의 불비로 이렁저렁(이럭저럭) 뜻을 이루지 못하였다. 그러던 차에 이번에 《삼천리》에서 춘원, 요한, 파인 3인의 시집을 한 권 기증받고, 책장에서 요한의 《아름다운 새벽(주요한의 첫 시집)》을 꺼내어 본 후, 요한이 지금껏 발표한 시 전부를 갖춘 기회를 타서 이 글을 쓰려 붓을 잡은 것이다.

요한과 나는 같은 소학교를 다녔다. 그는 나보다 한 연급(年級, 학생의 학력에 따라 학년별로 갈라놓은 등급) 아래였었다. 그런데 내가 고등과

1학년 때(내 생각 같아서는) 그다지 공부를 잘못하지도 않았는데 낙제를 하고 말았다. 그리하여 요한과 같은 연급이 되었다.

그런데 어느 날, 우리가 다니던 숭덕학교에 그만 불이 났다. 그 때문에 임시 교사를 사장골 어떤 집에 정하였는데, 신문에 〈장한몽〉이며 〈옥중화〉 등이 연재될 때였다. 그때 요한과 나는 학교에서 돌아올 때마다 아침에 신문에서 본 소설을 서로 이야기하곤 했다. 그러다가 우리가 열세 살때 요한은 동경으로 유학을 떠났다.

열다섯 살 나던 해, 숭실중학에 다니던 나는 학년 시험 때 성경시험에 컨닝을 하다가 선생에게 들켜서 그것을 기회로 동경으로 가게 되었다. 그때 요한은 명치(明治)학원 중학부 2학년생이었었는데, 요한의 부친은 내게 "요한은 장래 문학을 연구하게 하련다."는 말을 자랑하였다. 나는 그때 문학이 어떤 학문인지도 몰랐다. 다만, '요한은 나보다 앞섰구나!'란 생각을 무심결에 하게 되었다.

집에서도 내게 명치학원에 입학하라고 했지만, 나는 동경학원 중학부에 입학하였다. 표면적 이유는 '명치학원은 조선 사람을 너무 우우(優遇, 후하게 대접함)하기 때문에 참 공부가 잘 안 된다'는 것이었지만, 이면적 이유는 같은 학교에서 요한보다 아래 학년에 다니기가 싫었기 때문이었다. 그러나 1년 뒤 나도 명치학원으로 전학하였다. 조선 사람이 없는 학교는 다니기가 너무 쓸쓸했기 때문이다. 요한과의 교제는 그다지 없었다. 그만큼 프라이드 한 나였었다.

그동안에 나는 문학을 알았다. 그리고 문학의 취미와 가치를 깨달았다. 그리하여 요한과의 교제가 다시 시작되었다. 요한이 명치학원 4학년, 내가 3학년 때 요한은 교보(校報, 학교 소식지)인《백금학보》의 편집자가 되었다. 요한이 잡지 편집의 경험을 얻은 것은 바로 여기에서였다.

그 시절 요한은 소설을 목적으로 한 듯하였다. 명치학원 4학년 회람잡지에 요한의 소설이 있었고, 3학년 회람잡지에는 나의 소설이 있었다. 《청춘》의 현상 모집 때도 그는 소설을 써서 2등으로 뽑혔다. 그 뒤 요한은 시인 가와지 류코(川路柳虹, 일본 구어체 자유시의 창시자)의 사랑을 받아서 그의 문하에서 시를 연구였다. 고시조의 일역도 간간이 발표하였다. 소설에서 그다지 향기로운 재주를 보이지 못하던 요한은 시에서 풍부한 재능을 나타내었다.

1917년 우리 몇몇(요한, 늘봄─소설가 전영택의 호, 나, 그리고 두세 명)이《창조》를 발행하려고 준비할 때 그는 시에 대한 수양을 충분히 쌓은 뒤였다.《학우》에 시작(詩作)이 발표되었고, 곧이어《창조》에〈불놀이〉가 발표되었다. 그 후 계속해서 발표된 그의 시는 봄날 안개와 같이 사람의 심금을 울리는 '고향'과 '유년 시대'에 대한 추억, 동경, 연정 등을 담고 있었다. 가와지 류코의 문하에 있었으나 오히려 시마자키 도손(島崎藤村, 일본의 낭만파 시인)로부터 많은 영향을 받은 듯했다.

복사꽃이 피면

가슴 아프다

속생각 너무나

한없으므로.

-주요한, 〈복사꽃이 피면〉

요한의 이 〈복사꽃이 피면〉과 소월의 〈만리성〉을 비교할 때 우리는 두 시인의 차이를 똑똑히 발견할 수 있다.

밤마다 밤마다
온 하로밤!
싸핫다 허럿다
긴 만리성

-김소월, 〈만리성〉

똑같은 애끊는 심정을 나타내는데도 한 사람은 객관적 태도를 보였으며, 한 사람은 주관적 태도를 보였다.

나의 마음
고요히 기다리다!
그대 오기를
저기 길이 있다
그 좁은 길을 걸어
그대와 만나기를 바라다

그대는 오려는가!

어느 길로

그대의 눈은

무엇을 고하는 듯

저기 길이 있다

거기서 나의 꿈은

꽃 피고 또 시들며

지어서 다시 피어나다

종일 나는

그대를 찾아도 못 언고

거기 나무 밑에 쉬다

쉬면서 그대를 꿈꾸다

나의 꿈의 꽃은

피고 또 지다

지어서 다시 피다

나는 기다리다 기다리다

종일 나는

그대를 찾아 못 언다

그러나 나는 안다

**벗을 잃고
나는 쓰네**

그대의 가까움을

그러므로

기다리리라

그대를

기다리어

즐기리라.

-주요한, 〈나의 마음 고요히 기다리다〉

   이것이 요한 시의 심경이었었다. 아름다운 미지물(未知物, 아직 알려 지지 않은 물건)에 대한 동경과 애태움. 이것이 당시 그의 시의 전부였 었다.

가지를 꺾어다 꽂았던 포플러가

곧은 줄은 자라나서 네 해에는 제법

높이 부는 겨울바람에 노래를 칩니다

나 많으시고 무서운 할아버님 안 계신 틈에

지붕에 오르기와 매흙 깔은 마당 파기도

나의 좋아하는 것의 하나이었소.

-주요한, 〈우리집〉제2절

   아! 유년 시대와 고향에 대한 이만한 순정이 또 어디 있으랴. 또한, 그런 순수한 동경을 이렇듯 여실히 그려낸 문자가 또 어디 있으랴. 나는 여기에 요한의 유년 시대의 환경과 그의 생장(生長, 나서 자람)에 대해서 좀더 써보려 한다.

그는 외로운 아이였다. 또 지금은 그의 집에 수많은 재산이 있다고 하지만, 그는 아주 빈한한 가운데 자란 아이였다. 처음 그가 동경으로 갈 때도 창이 다 떨어져서 너덜너덜한 모자를 쓰고 갈 만큼 그의 집은 가난했다. 게다가 그의 집은 사회적으로 어떤 명망이나 세력도 없었다. 재산이 없고, 세력이 없으면 '비위'라도 좋아야 하는데, 요한은 비위도 없는 아이였다.

숭덕학교에는 세 세력이 있었다. 나를 주장으로 하는 어린아이들의 한 그룹과 완력을 자랑하는 큰 아이들 그룹, 공부를 전심으로 하는 그룹, 이세 가지 세력이 학교를 꽉 잡고 있었다. 요한은 당연히 제3의 그룹에 참가할 것이었지만 교제성이 없고 소심한 까닭에 '개밥에 도토리'처럼 혼자 떨어져서 부러운 듯이 우리가 노는 것을 보곤 했다.

그때 요한은 '쥐'라는 별명을 듣고 있었으니, 그것은 그의 성 '주'에서 나온 별명이었지만, 당시 그의 태도 역시 쥐와 흡사했다. 혼자서 몰래 소곤소곤 장난하다가는 남이 보면 얼른 피하고, 소심하고 어두운 곳을 좋아하는 것이 마치 쥐와 같았기 때문이다. 하물며, 그의 신형(身形, 외모)까지 화가에게 그리라고 하면 쥐와 비슷한 점이 많았다. 그러한 외형과 성격과 배경(사회적 및 재산상의)과 태도는 그를 저절로 친구 없이 지내는 외로운 아이로 만들었다. 그 때문에 그는 집안사람에게 밖에는 사랑이나 존경을 받아보지 못하였다. 그의 동무라고는 그의 아우 '요섭' 뿐이었다.

그는 동경에 가서도 학비 관계 때문에 기숙사에 꼭 들어박혀서 돌아다니지 않았다. 그가 교제하는 동무라고는 기숙사의 사생(舍生, 기숙사에 사는 학생)뿐이었다. 심지어 조선 유학생들까지도 피하였다. 그런 가운데 망향심(望鄕心, 고향을 그리워하는 마음)이 가슴에 사무쳐 무르익었다. 어린 시절에 대한 아름다운 동경이 있었기 때문이다. 그러나 그 모든 것도 역시 대인적(對人的, 다른 사람을 상대하는 것에서 오는 태도)인 것이 아닌 대아적(對我的, 자기 자신을 향한 태도)인 것이었다. 그의 시 가운데 향토미가 많은 것은 바로 그 때문이다. 평양이라 하는 도회에서 자랐지만, 그는 평양을 무대로 자란 아이가 아닌 평양시외의 자기 집 뜰과 그 근처만을 무대로 자란 아이였다.

> 봄에는 호미 들고 메 캐러 들에 가며
> 가을엔 맵다란 김장무 날로 먹는 맛도
> 나의 좋아하는 것의 하나이었소.
> 해마다 추석이면 으레히 햇기장 쌀에
> 밀길구미 길구어 노티를 지지더니
> 늙으신 할머님 지금은 누구를 위하여……
> **－주요한, 〈우리 집〉 제3절**

만세 사건 뒤 요한은 상해로 건너갔다. 그 후 만리타향에서 고향을 생각하는 시작(詩作)은 계속해서 나왔다.

　그는 상해서 춘원을 알게 되었다. 두 외로운 혼의 주인은 서로 공명(共鳴, 남의 사상이나 감정, 행동 따위에 공감하여 자기도 그와 같이 따르려 함)하였다. 춘원은 요한에게 그 '쥐'와 같은 성격 가운데서 사람 사회에 대한 동경을 보았고, 요한은 또한 춘원에게서 인도주의에 대한 진실한 동경이 있음을 보았다.

　춘원은 요한을 사회에 소개하였다. 그리하여 쥐가 사람의 사회에 들어 왔다. 그렇게 들어와서 보니 사람 사회도 별것 아니었다. 그렇다— 별것 이 아니었다. 그러나 쥐로서 사람의 사회를 바라보고, 자기 환경을 돌아 볼 때 생겨났던 그 모든 아름다운 꿈은 그가 사람 사회에 발을 들여놓은 순간 삭아지고 말았다.

　　호박꽃에 반딧불 호박넝쿨에도 반딧불
　　옷 추기러 나갔더니 풀밭에도 반딧불
　　불 꺼라 방등 꺼라 반딧불 구경하자
　　파랗게 붙는 불은 반딧불의 불이다
　　발갛게 타는 불은 내 맘속의 불이다
　　-주요한, 〈호박꽃〉

　　뒤뜰에 우는 송아지
　　뜰 앞에 우는 비둘기

언니 등에 우리 아기

숨소리 곱게 잘 자지

앞산 수풀 도깨비

방망이 들고 온다지

덧문 닫고 기다리지

건넌 동리 다리 아래

탕숫불이 벌겄네

앞산 밑에 큰아기네

심은 호박 꽃피었네

김매던 형님 아니 오네

고운 졸음만 혼자 오네

우리 아기 잘 자네.

-주요한, 〈자장가〉

    이것이 그가 사람의 사회에 들어온 후 발표한 시였다. 아름다운 열정과 동경은 모두 사라지고, 재간(才幹, 재주와 솜씨)과 개념이 그 자리를 채우고 있음을 알 수 있다.

    아뿔싸, 나는 이 글을 쓰는 데 있어 순서를 그만 잘못하여 그릇되게 하고 말았다. 열정의 시인 요한에서 문자의 재인(才人) 요한으로 변하기까지 그의 중간 시기를 논하지 않은 것이다. 나는 요한의 그 시기를 잊을 수 없다.

그는 상해에서 자연과학을 전공하였다. 예술과 과학의 교섭에서 생겨난 몹시 침착한 시풍이 그에게 한동안 있었음을 또한 잊을 수 없다. 〈황혼의 노래〉, 〈아기의 꿈〉, 〈조선〉 등 몇 편의 몹시 노빌리티(Nobility, 고귀함)하고도 우아한 시는 그가 과학을 전공한 지 몇 해 만에 생겨난 것이었다. 그러나 그가 조선으로 건너오면서 춘원의 주선으로 사회인이 된 후, 즉 《동아일보》 학예부장과 평양 지국장, 편집국장을 지내던 몇 해 동안 그에게서 나온 시는 대부분 열정의 회신(灰燼, 불에 타고 남은 끄트러기나 재)뿐이었다. 다만, 〈영혼〉과 그 밖의 몇 편은 달랐다. 〈영혼〉은 그가 몹시 사랑하던 누이동생을 잃은 뒤 마음에 일어나는 비상한 감회를 적은 것이며, 그 밖의 몇 편 역시 그와 비슷한 근거가 있었다.

지금부터 3년 전 어느 겨울날, 요한이 태백상점이라는 고무신 가게를 할 때였다. 나는 요한과 이런 이야기 저런 이야기 나누다가 마작 이야기 끝에 "사람의 운명이나 숙명이라는 것은 몰각(沒覺, 깨달아 인식하지 못함)할 수가 없으니, 마작도 손이 잘 드는 날이 있고 안 드는 날이 있다"고 하자, 그는 정색하면서 "그것은 운이 아닌 찬스(기회)다"라고 대답하였다.

여기에 요한의 파탄 원인이 있었다. 그것이 아무리 찬스라 할지라도 '운'이라고 정정하는 것이 시인으로서의 그에게는 합당한 말이었을 것이기 때문이다.

요한이 사회인이 되고, 과학을 전공하게 되면서부터 그는 그만의 시경(詩境, 시흥을 일으키는 아름다운 경지)을 잃어버렸다. 휘트먼(미국의 시인)은 백만의 발을 가진 뉴욕의 거리에서도 시를 발견하였지만, 고향과 가정밖에는 다른 아름다운 대상을 여태껏 가져 보지 못하고 외로이 일어난 요한에게는 '과학'에 쏠린다는 것과 '사회인이 된다.'는 것은 시인으로서의 파멸을 뜻함이다.

요한은 사회인으로 성공하였다. 그러나 사회인으로의 성공이 크면 클수록 시인으로서의 요한의 그림자는 엷어 간다. 조선의 문학을 사랑하고, 조선의 문학 건설에 힘을 쓰는 우리에게는 매우 분하고도 슬픈 일이다.

"쥐가 되라."

이것이 내가 요한에게 할 수 있는 가장 큰 권고다.

사회인이 되면 문학의 학도가 될 수 없다는 말은 절대 아니다. 그러나 요한은 그의 생장과 성격에 미루어 보건대 사회인이 되면 될수록 그의 시원(詩園, 시의 세계)은 그에 반비례해 줄어드는 종류의 사람이다. 단순하고 동심(童心)을 가진 시인 요한은 두 주인을 섬기지 못하는 종류의 사람이다. 그런지라 나는 거듭 요한에게 말한다.

"쥐가 되라. 다시 쥐로 돌아가라."

이것은 친구로서 나의 권고인 동시에 조선 문예 애호가를 대표하는 나의 명령이기도 하다.

　　연꽃을 독에 심어

　　못을 파고 두었더니

못물이 구슬되어

연잎 위에 구릅니다.

옛날 못자리에 지금

연꽃은 간데없고

시꺼먼 된장독이

우뚝우뚝 섰을 뿐.

이것은 요한의 〈연꽃〉이라 시로 지금의 그를 가장 적절하게 표현할 수 있는 시이기도 하다.

– 1929년 11월 29~12월 3일 《조선일보》

"아아 날이 저문다, 서편 하늘에, 외로운 강(江)물 우에, 스러져 가는 분홍빛 놀…… 아아 해가 저물면 날마다, 살구나무 그늘에 혼자 우는 밤이 또 오건마는, 오늘은 사월(四月)이라 파일날 큰길을 물 밀어가는 사람 소리는 듣기만 하여도 흥성스러운 것을 왜 나만 혼자 가슴에 눈물을 참을 수 없는고?"

1919년 2월 1일, 불과 열아홉 살의 주요한이 《창조》 창간호에 발표했던 우리나라 최초의 자유시 〈불놀이〉의 일부다. 그는 시조와 한시가 지배하던 우리 시단에서 새로운 바람을 일으키며, 새 영역을 개척하였다. 그만큼 그는 시재(詩才)를 타고 난 사람이었다. 이에 어떤 이는 그의 탁월한 시적 능력을 소설가 이광수에 비견하기도 했다.

《창조》는 열아홉 동갑내기 친구였던 김동인과 주요한이 먼저 궁리해 이름까지 정한 뒤 동향 선배 전영택을 끌어들여 만든 잡지였다. 김병익의 《한국문단》에 의하면, 두 사람이 의기투합한 것은 1918년 12월 25일 도쿄 유학생 청년회관에서 열린 한 모임에 다녀온 직후였다고 한다. 두 사람은 화로를 끼고 앉아 조선 독립을 두고 벌어진 모임의 논쟁을 복기하던 끝에 "정치 운동은 그 방면의 사람들에게 맡기고, 우리는 문학으로……"에 합의했다고 한다. 이에 평양 갑부의 아들로 기차를 타도 항상 2등 차만 탔다는 김동인은 다음날 곧장 고향으로 창간비 200원을 보내달라는 전보를 쳤고, 전영택에 이어 김환, 최승만 등을 합류시켰다.

3·1운동 후 상해 임시정부에 몸담으며 《독립신문》 기자로 활동하기도 했던 주요한은 1925년 국내에 돌아와 《동아일보》와 《조선일보》 편집 국장을 지냈다. 그리고 1926년에는 도산 안창호가 조직한 독립운동단체 〈수양동우회〉에 가입해 핵심 멤버로 활약하기도 했다. 그러던 중 일제의 검거작전으로 체포되었는데, 그것이 그의 인생을 바꾸어 놓았다. 친일 대열에 들어서며 태평양전쟁 참전을 독려하는 글을 연이어 쓰게 되었기 때문이다. 그러나 한순간의 빗나간 선택은 그의 시적 재능은 물론 삶을 구렁으로 몰아넣고 말았다. 그래서일까. 그를 시인으로서 기억하는 사람은 그리 많지 않다.

고상한 멋을 풍기는 문단의 신사

그는 작품을 매우 객관적이고, 차디차고, 싸늘하게 쓴다. 감정으로 쓰지 않고 이지(理智)로 쓰기 때문이다. 그의 작풍(作風)은 침통한 맛이 돌며 창조성이 풍부하다. 남이 생각하지 못하는 말이나 생각을 그려낸다. 말하자면 매우 독창적이다.

1

인물론이 필요 없다. 조선에서는 아직 이르다. 하려면 잘해라 ── 라는 주문이 많다. 사실 그렇다. 그러나 인물론이 피차 다소의 유익(有益)을 줄지언정 그렇게 해를 주지는 않을 줄 안다. 서로 인물을 연구하는 것, 서로 어떠한 사람인지 알아야 할 필요가 너무 많이 있다. 조선에서는 이르다는 말도 일리는 있다. 그러나 그렇다고 언제까지나 그대로 있을 수는 없다. 일단 좁은 범위 안에서 논해보자. 그런 뜻에서 육당 최남선론을 시작한 것이다. 그런데 이번 김동인론에서 섭섭한 것은 김동인 씨를 가장 잘 아는 이광수 씨와 주요한 씨의 얘기를 싣지 못한 것이다. 춘원은 아파서 붓을 들지 못하고, 주요한 씨는 바쁘기 때문이다.

나는 그를 안지도 오래되지 않고, 또 교제한 지도 얼마 되지 않았기 때문에 그를 잘 알지 못한다. 또한, 그의 작품을 두서너 개 보았을 뿐, 또 본대야 나 같은 사람이 별수 있겠는가. 그래, 소설가로서의 그를 잘 모른다. 그렇다면 왜 그에 관한 이야기를 하느냐는 말도 많다. 하지만 인상기(印象記, 인상에 남아 있는 어떤 사실을 적은 기록)로는 충분히 쓸 수 있을 것 같은 생각에 붓을 잡게 되었다.

2

그의 사람됨은 퍽 쾌활하고 서글서글하고 재미있다. 얼굴이 누르스름하고, 볼이 약간 늘어진 것이 뚱해 보이기도 하고, 심술 있어 보이기도 하며, 거만한 것 같기도 하지만, 기실 아주 반대다. 사실 어려서는 성미가 퍽 표독스럽고, 심술궂으며, 이상야릇하였다고도 한다. 그가 어렸을 때 친구들과 야구를 하는데, 투수가 던진 공이 자기가 보기에는 볼이 틀림없는데 심판이 스트라이크라고 하면 성을 내며 배트를 집어 내동댕이치고 집으로 가버렸다고 한다. 그러나 지금은 그에게서 그런 모습을 전혀 찾아볼 수 없다. 순후(順厚, 순수하고 후덕함)하고 뼈 없이 좋은 사람이라고 해도 과언이 아닐 만큼 그의 성격은 변하였다.

그는 키가 호리호리하게 크고, 코가 좀 높은 듯하다. 또 가슴을 뒤로 저치고 반듯하게 서서 팔만 휘저으며 뚜벅뚜벅 걸어가는 모습을 보면 마치 활발한 서양사람 걸음걸이와 비슷하다.

그는 모든 것이 귀족적이다. 멋도 상당히 낸다. 입는 것, 사는 것, 행동 모든 것이 다 고상한 맛이 난다. 기차도 늘 이등을 탄다. 여관도 특등이 아니면 들지 않는다. 시계도 여러 백 원짜리 금시계가 아니면 차지 않고, 시 곗줄에는 금강석을 박는다. 그러나 한번은 4월경에 동경에 갔다가 돈이 떨어지고 더구나 이등 차표를 잃어버려서 올 때 삼등 차를 타고 왔다고 한다. 그가 돈이 매우 많아서 그런 것은 아닌 듯하다. 본래가 있으면 쓰고 없으면 그만두는 성격이어서 그런가 보다.

그는 퍽 논리적인 사람이다. 엉덩이에 대포를 놓아도 꿈적하지 아니할 만하다. 또 그는 눕기를 좋아한다. 몸도 약한 편이오, 병도 자주 앓기 때문에 그렇다지만 건강할 때도 눕기를 좋아한다. 원고를 쓸 때, 책을 볼 때도 이불을 뒤집어쓰고 눕거나 엎드려서 한다. 원고는 보통 낮에 쓰고 밤에는 돌아다닌다.

그는 장난을 참 좋아한다. 심지어 어떤 때는 어린아이처럼 장난에 몰두하기까지 한다. 그럴 때 보면 아무 근심이 없고, 세상을 다 잊은 듯하다. 장난도 곰상스럽게(성질이나 행동이 싹싹하고 부드러운 데가 있음) 별 것을 다 한다. 하지만 장난을 하고 농을 할 때도 무슨 독특독창(獨特獨創, 특별하고 창의적인 모습)이 있다. 남이 생각하지 못할 신기한 장난을 좋아하기 때문이다.

그는 친구를 좋아하며 다정하다. 그의 말소리는 또박또박하고 좀 굵은 편이다. 말하는 것도 퍽 논리적이고 귀족적이다.

그는 현재 직업이랄 것이 아무것도 없다. 한가한 생활을 하며 자시하

(慈侍下, 아버지는 돌아가시고 어머니만 모시고 지내는 처지)에 두 어린
아이의 아버지로 지내고 있다. 나이는 스물일곱인가 여덟인가 그렇다.

3

그는 작품을 매우 객관적이고, 차디차고, 싸늘하게 쓴다. 감정으로 쓰
지 않고 이지(理智, 이성과 지혜)로 쓰기 때문이다. 그의 작풍(作風, 예술
작품에 나타난 작가의 독특한 개성이나 수법)은 침통(沈痛, 슬픔이나 걱
정 따위로 몹시 마음이 괴롭거나 슬픔)한 맛이 돌며 창조성이 풍부하다.
남이 생각하지 못하는 말이나 생각을 그려낸다. 말하자면 매우 독창적
이다.

그의 문체는 다소 거칠고 어려운 듯하다. 그러나 시격(詩格, 시의 격식
이나 품격)이 되어 아름다운 리듬이 힘 있게 흐른다. 그의 작품은 그의 성
격처럼 무난하고, 쾌활하고, 귀족적인 태도가 있으며, 여유가 넘친다. 또
회화(會話, 대사)는 독특한 기능이 있어 독자를 사로잡는다. 그의 작품
을 보면 너저분하지 않고, 군더더기가 없으며, 통일되고, 산뜻하고, 아름
답고, 간결하다. 그래서인지 그의 작품을 읽고 나면 머릿속에 정돈(整頓,
어지럽게 흩어진 것을 규모 있게 고쳐 놓거나 가지런히 바로잡아 정리
함)한 행렬로 들어박히며 뭔가를 생각하게 한다. 특히 그의 작품〈목숨〉
도 그렇지만〈배따라기〉는 읽고 난 뒤에 머리를 숙이고 생각하게 하는
힘이 있다.

언뜻 보면 그는 자연주의 작가 같지만 신이상주의에 가까운 듯하다. 여하튼 여러 의미로 보아 예술가로서의 김동인 씨에 대해 우리는 많은 기대와 촉망(囑望, 잘되기를 바라고 기대함)을 가지고 있다.

여기까지가 내가 아는 김동인에 관한 것이다. 그의 장점만 얘기한 것 같아서 좀 그렇지만, 실상 나는 그의 단점을 모른다. 물론 사람이니 단점도 있겠지만 그렇다고 해서 뭐 그리 큰 단점이 있으랴.

끝으로, 동인 씨여! 건강하고 일생을 분투(奮鬪, 있는 힘을 다해 노력하거나 싸움)해 나가기를 바란다.

- 1925년 6월 《조선문단》 제9호

"큰 키로 걸어 다니는 것을 보면 날카로운 데도 없고, 재치도 있어 보이지 않으나, 그저 꾸준한 맛이 있다."

일제 강점기에 발간된 종합 월간지 《신세기》 1939년 9월호에 실린 김동인에 대한 평이다. 오늘날 우리가 단편소설의 대가라고 부르는 인물에 대한 평가라고는 볼 수 없을 만큼 신랄하기 그지없다.

김동인. 그는 우리나라 최초의 단편 소설가이다. 1919년 2월 1일 친구 주요한과 함께 발간한 최초의 문예지 《창조》 창간호에 게재한 〈약한 자의 슬픔〉이 그가 쓴 최초의 단편소설이다.

그는 이광수의 계몽주의나 신경향파 및 〈카프〉의 사회주의 문학에 맞

서서 '예술을 위한 예술'을 내걸며 탐미주의적 순수문학을 개척하였다. 특히 악상을 떠올리기 위해서 방화와 시간(屍姦, 시체를 간음함)과 살인까지 마다하지 않는 작곡가를 등장시킨 〈광염소나타〉나, 눈먼 처녀 모델을 목 졸라 죽임으로써 자신의 그림을 완성하는 화가를 등장시킨 〈광화사〉는 그의 예술지상주의가 극적으로 구현된 작품으로 평가받고 있다. 이는 그의 대표작으로 꼽히는 〈감자〉나 〈배따라기〉와는 또 다른 정서를 담고 있다. 하지만 그 후 다시 역사소설로 전향해 〈운현궁의 봄〉, 〈대수양〉과 같은 작품을 쓰기도 했다.

중요한 것은 그 역시 친일문제로부터 절대 자유로울 수 없다는 것이다. 그는 1938년 2월 4일 자 《매일신보》에 산문 〈국기〉를 게재하며 일제에 협력하는 글을 쓰기 시작했으며, 일본군 위문 문단 사절로 활약하는 등 앞장서서 친일 대열에 나섰다. 아이러니한 것은 일본 천황을 '그 같은 자'라고 호칭했다가 불경죄로 징역 8개월을 선고받고 복역하기도 했다는 것이다.

거만한 이지자, 그러나 처세에 약한 간지쟁이

동인이와 한번 가까이서 손목을 잡아보십시오. 이 간집쟁이요, 거만한 이지자는 현대인의 마음을 두 번 다시 의심하며 놀래지 아니할 수 없을 것이외다. 왜 그런가 하면 현대인의 마음을 언제나 잊어버리지 않는 동인의 인정과 우의(友誼)는 그야말로 따뜻해서 아는 사람만 알 뿐, 결코 누구나 아는 것이 아니기 때문이외다.

"하량(下諒, 주로 편지글에서 윗사람이 아랫사람의 심정을 살펴 알아 줌을 높여 이르는 말. '헤아림'으로 순화)이면 명예훼손으로 고소를 한다."고 위협까지 받았습니다. 그러나 벽창호 같은 동인이가 그만한 말에 놀랄 사람입니까. "네가 명예훼손으로 나를 고소한다면 나는 협박죄로 너를 되걸고 들어설 터이니 그리 알라."고 도리어 달려든 것도 이 사내가 아니면 어려운 일이외다.

동인이가 거만하지 않은 것은 아니외다. 그리하여 첫인상을 좋지 않게 주는 일이 많습니다. 그러나 이 거만한 동인이와 한번 가까이서 손목을 잡아보십시오. 이 간집쟁이(間執一, 간지쟁이. 멋 내기에 필요한 투자를 아끼지 않는 사람)요, 거만한 이지자(理智者, 이성적이고 지혜로운 사람)는 현대인의 마음을 두 번 다시 의심하며 놀래지 아니할 수 없을 것이외다. 왜 그런가 하면 현대인의 마음을 언제나 잊어버리지 않는 동인의 인정과 우의(友誼, 친구 사이의 정의. 즉, 우정)는 그야말로 따뜻해서 아는 사람만 알 뿐, 결코 누구나 아는 것이 아니기 때문이외다. 그러나 그것 때문에 결코 우의 같은 것이 허물을 받게 되지는 않습니다.

이지와 총명과 이지기재(理智奇才, 이성과 지혜, 기이한 재주)를 갖고 난 동인이건만, 어찌하여 처세에는 현대적인 모습을 갖추지 못하였는지. 그것은 결코 약아빠진 고양이의 밤눈이 어둡다는 그러한 것도 아니고 보니, 참말 사람이란 알 수 없는 일이외다. 이것을 가리켜 이 미덕에는 이 병이 있는 법이라고, 동인이를 위해서는 쓰라린 일이지만 가장 공평한 자연에 맡길 수밖에 없는 일이외다.

- 1931년 1월 《동광》 제27호

아하, 무사히 건넜을까,

이 한밤에 남편은

두만강을 탈 없이 건넜을까.

파인 김동환이 1925년 발표한 시 〈국경의 밤〉은 우리나라 최초의 근대 서사시로 알려져 있다. 남편을 소금 밀수출에 떠나보낸 젊은 아내의 불안과 초조, 긴장이 북방에 사는 국경 마을 사람들 전체로 확대되는 이 시는 북방이라는 낯설고 새로운 공간을 한국문학의 영역으로 처음 끌어들였다는 점에서 주목할 만한 작품이다.

《금성》에 〈적성을 손가락질하며〉가 추천되어 등단한 그는 일본 도요대학 영문과에 진학했지만, 관동대지진으로 인해 학업을 중단해야 했다. 귀국 후 언론인과 문인으로 활동하며, 종합잡지《삼천리》를 발행하기도 했는데, 당시《삼천리》는 유일하게 독립운동에 대해서 호의적으로 소개하던 잡지였다. 이에 일제로부터 갖은 검열과 탄압을 받아야 했고, 수많은 협박과 회유를 받기도 했다. 그러던 중《삼천리》는 친일잡지로 전락하고 말았고, 발행인이었던 그 역시 친일파로 전향하게 되었다. 훼절(毀折, 부딪혀서 꺾임)하고 만 것이다. 이에 대해 그는 1949년 2월, 반민족행위특별조사위원회에 자수, 과거 자신의 행동에 대해서 시인한 바 있다. 이상(李箱)이 한때 짝사랑했던 소설가 최정희가 그의 아내이기도 하다.

현란하고, 화려한 미적 생활을 즐기는 이

그는 가냘프게 미소를 지으며, 난로에 불을 피우지 않아서 냉랭한 서재로 나를 안내하였다. 주부가 없어서 이렇게 차고 쓸쓸한 것만 같아서 공연히 마음이 아팠다. 효석처럼 현란하고, 화려한 미적 생활을 즐기는 사람이 혼자서 윤택 없고 주부 없는 생활을 계속하려면 상당한 노력이 필요할 것이라고, 막연히 그런 생각을 하였다.

1941년 정월, 나는 고향에서 가까운 어느 시골 온천에서 효석(소설가 이효석)의 편지를 받았다. 몸이 불편해서 주을(朱乙)에서 정양을 하던 중 부인이 갑자기 편치 않다는 기별을 받고 평양으로 돌아왔는데, 병명이 복막염이라 구하기 힘들 것 같다는 총망(悤忙, 매우 급하고 바쁨) 중에 쓴 편지였다.

그 뒤 부인의 병간호를 하면서 쓴 간단한 엽서를 한 장 더 받고는 이내 부고(訃告, 사람의 죽음을 알림. 또는 그런 글)였다. 그 엽서에는, 내가 부인의 병환도 병환이려니와 효석의 건강이 염려된다고 쓴 데 대해서, 부인의 병은 거의 절망 상태여서 기적이 나타나기를 기다린다는 것과 자기의 건강은 충분히 회복되었다는 것 등이 적혀 있었다.

부고는 시골집에서 받아서 자동차 편으로 온천에 있는 나에게 회송된 것으로 발인(發靷) 날짜가 얼마간 지난 뒤였다.

몹시 추운 날이었던 것 같다. 부인은 수년 전에 잠깐 한 번밖에 본 적이 없어서 뚜렷한 인상은 없고, 그저 퍽 건강하였던 것만 같은 생각이 든다. 그런 관계로 부고를 받아들고도, 나는 내가 아내를 잃은 곳 역시 평양이요, 이렇게 추운 엄동이었던 것을 생각하며, 부인을 잃고 아이들을 지키고 앉았을 효석의 모양만을 자꾸 구슬프게 눈앞에 그리었었다.

부고 뒤에 조위(弔慰)에 대한 사의(謝意, 감사하게 여김)의 뜻을 담은 인쇄물이 오고 그것과 전후해서 그의 엽서를 역시 눈 속에 파묻힌 온천 여관에서 받았다.

진척되지 않는 원고 뭉텅이를 안은 채 2월 한 달을 더 그곳에서 울울(鬱鬱, 마음이 매우 답답함)하게 보내다가 3월 초에 고향을 떠나서 서울로 돌아오는 길에 평양에 들렀다.

3월 초사흘(이날이 효석을 마지막으로 본 날이 되고 말았다) 마침 중학(中學)을 졸업하는 내 아우의 졸업식 날이어서 일찌감치 아침을 먹은 후 거세게 부는 바람을 뚫고 만수대에 있는 효석의 집을 찾았다.

통행인도 드물고 언덕에 바람이 있어서 몹시 쓸쓸하게 느껴졌다. 쪽대문 밖에서 잠시 엉거주춤하게 섰노라니, 갑자기 대문이 열리고 배낭을 멘 효석의 딸이(아마 부고에 적힌 장녀 나미가 이 아이가 아니었는지) 총총한 걸음으로 뛰어나왔다. 학교에 가는 모양이었다. 나는 멈칫 물러서서, 아버지 일어나셨냐고 물으려다가 정작 아무 말도 건네지 못한 채 그가 언덕 밑으로 사라지는 뒷모양을 물끄러미 바라다보았다. 그리고 아이의 고독한 운명 같은 것을 잠시 생각하였다.

잠시 후 현관으로 나온 효석의 잠바 소매 끝으로 희게 내밀은 여위고 가느다란 손목을 나는 아무 말도 하지 않고 쥐었다. 그는 가냘프게 미소를 지으며, 난로에 불을 피우지 않아서 냉랭한 서재로 나를 안내하였다. 주부가 없어서 이렇게 차고 쓸쓸한 것만 같아서 공연히 마음이 아팠다.

우리는 탁자를 가운데 두고 마주 앉아서 덤덤하였다가, 아이들 이야기를 하였다. 그는 나의 경험 같은 것을 물었다. 그리고 현민(소설가 유진오)에게서도(효석은 현민을 그저 '유'하고 부르기를 즐겼다) 아이를 위해서라도 쉬이 결혼하지 말라는 편지가 왔는데, 자신 역시 동감이라고 말하였다. 나는 재혼을 하지 않는 것도 아이를 위한 하나의 길일지 모르나 아이들을 위해 결혼하는 사람도 세상에는 많은 것을 이야기하였다. 그러나 재혼에 대한 생각이 아내를 잃은 직후와 얼마간 시일이 지난 뒤가 퍽 다르다는 것은 말하지 않았다. 속으로 가만히 효석처럼 현란(絢爛, 눈이 부시도록 찬란함)하고, 화려한 미적 생활을 즐기는 사람이 혼자서 윤택 없고 주부 없는 생활을 계속하려면 상당한 노력이 필요할 것이라고. 막연히 그런 생각을 하였다.

건강을 물었더니, 일을 치르고 나서 긴장한 탓인지 되레 몸이 가벼워졌다고 미소하였다. 장례 때 사람들의 따뜻한 후의를 사무치게 느꼈다는 것도 말하였다. 끝의 아이는 그때 시골로 보냈다고 들은 법한데―내 기억이 잘못된 것인지도 모르겠다. 두루 그런 것들을 이야기하고는 낡은 질서가 거의 무너져 버리려는 문단의 동정에 대해서 서로 얻어들은 소식을 나누고, 바른 문학의 융성에 힘쓰자고 손을 잡아 흔들고 그의 집을 나왔다.

그 후 나는 개인적인 사정으로 인해 문단을 잠시 떠나게 되었다. 당연히 효석과의 약속도 어길 수밖에 없었고, 문통(文通, 편지 왕래) 역시 거의 끊어지고 말았다. 효석이 가끔 쓰는 논문을 보면 그는 근래에 드물게 분투하였던 것 같다. 또 수필이나 소설을 보면 그의 생활이 다시금 윤택을 가진 것 같은 인상을 받았는데, 전혀 뜻밖인 뇌막염으로 서른여섯의 청청한 목숨을 앗기었다는 것은 절통하기 비길 데 없는 소식이다.

거리에서 소식을 듣고, 놀라서 집으로 오니, 꺼먼 테두리의 부고가 와 있었다. 나는 그것을 들고 어머니를 잃고 또 일 년 만에 아버지를 잃은 제 아이를 오랫동안 생각하였다. 효석의 명복을 빌고 아이들의 다행(多幸, 일이 잘되어 운이 좋음)을 빌었다.

- 1942년 6월 《춘추》

1928년 〈도시와 유령〉을 발표한 이효석은 〈카프(KAPF)〉 진영으로부터 '동반자 작가'라고 불리게 되었다. 이는 〈카프〉에는 직접 가담하지 않더라도 그 사상과 맥을 같이하는 작가들을 말하는 것으로, 이때 김남천과 이효석의 교우가 시작된 것으로 보인다.

그러나 누구보다도 자유주의적이고 개인주의적인 성향을 타고났던 이효석은 1930년대에 접어들면서 서서히 심미주의 세계로 빠져들었다. 그 계기가 된 작품이 억압을 벗어난 낯선 땅에서 느끼는 희망을 이야기 한 〈북국사신〉이었다. 그는 이 작품을 쓰고 나서 3년이 지난 후 동반자 작가에서 벗어나 순수문학을 지향하는 구인회에 들어가게 된다. 그리고 그때부터 그의 서정미 넘치는 일련의 작품들이 탄생하게 된다. 하지만 불안하고 혼란스러웠던 당시의 상황에 비춰볼 때 이 같은 그의 처신은 응당 비굴한 지식인의 모습으로 보일 수도 있었다. 이에 시대정신에서 비켜난 그의 작가적 태도와 작품 경향에 비난의 화살이 날아들기도 했다.

그는 애당초 정치적인 것과는 거리가 먼 사람이었다. 코피를 쏟아가며, 글을 쓰면서도 겨울에 스키를 타러 갈 계획을 세웠는가 하면, 원두커피 한 잔을 즐기기 위해 10리 길을 걸어 다방에 가고, 재직하던 학교 교무실 한쪽 구석에서 베토벤에 심취하기도 했다. 또 밤이면 위스키를 마시며 클래식 기타를 연주하기도 했다. 하지만 그것도 잠시. 늘 병약했던 그는 1940년 부인 이경원과 차남을 잃은 후 실의에 빠진 나머지 건강을 해친 나머지 작품 활동을 활발하게 하지 못하다가 1942년 5월 25일 뇌척수막염으로 세상을 떠나고 말았다.

다각적이고, 다채적인 벗

내가 임화를 만난 뒤부터 나와 임화는 항상 여러 가지 일을 중심 두고 하나의 대오 속에서 생활하게 되었다. 이때부터 그의 계급생활과 사생활에 있어서는 내가 가장 가까이에서 그를 지켜봤다고 할 수 있다. 그러므로 전면적으로 임화를 인식하는 데 있어서는 내가 누구보다도 유리한 위치에 서 있지 않을까 생각한다.

1

시인으로서의 임화를 이야기한다든가, 평론가 내지는 예술운동의 뛰어난 운전사로서의 임화에 대하여 이야기하려면 그에 대한 충분한 자료와 또한 세심한 조사가 있어야 할 것이다. 그러므로 하등의 자료나 문헌도 가지고 있지 못한 깊은 산골에서 쓰게 되는 이 글은 나의 희미한 기억의 줄에 의지한 한 편의 단편적인 수감(隨感, 마음에 일어나는 그대로의 생각이나 느낌)에 불과할 것이다.

그러나 내 지금껏 세상에 나서 어떤 개인! 혹은 임화에 관하여 처음 드는 붓을 어찌 무책임한 의의 없는 몰문(沒文, 형편없는 글)으로서 소비할 수 있을 것이냐! 그래서 나는 한 명의 개인인 벗 임화에 관해서 써나가면서, 나와의 관계가 중심이 될 것은 물론이지만, 될 수 있으면 그를 우리의 운동 및 사업과 연결해서 써나가도록 노력할 것이며, 그렇게 해야만 한 개인의 역사적 평가에 있어서도 그릇됨이 적을 것이다.

어떤 사람을 그의 가장 중요한 점만을 선택하여 그를 정당하게 살펴보기는 매우 힘든 일이다. 하물며 다각적이고, 다채적인 벗 임화를 이런 짧은 글을 통해 평가할 때는 그의 중요한 본질과 그렇지 않은 것을 함께 천명하여 나가는 데 있어 지극히 총명하고 훌륭한 수완이 필요하다. 그러므로 이 글은 이러한 모든 이유와 나의 비범치 못한 재능, 그리고 투철치 못한 나의 안식(眼識, 사물의 좋고 나쁨이나 가치의 높고 낮음을 구별할 수 있는 안목과 식)으로 인해 수많은 결함과 불충분함을 내포하게 될 것을 예상하는 바이다. 생각건대, 양해성(諒解性, 남의 사정을 잘 헤아려 너그러이 받아들이는 성격)이 풍부한 독자와 벗 임화가 다량의 포용성을 발휘해야 할 것으로 생각한다.

임화— 그러나 나는 여기에서 보성고보의 학모에 반들반들하게 면도하고 휘파람을 불며 다니던 어린 시절의 임인식(임화의 본명)에 대하여, 또 다다이스트(Dadaist, 모든 사회적·예술적 전통을 부정하고 반이성·반도덕·반예술을 신봉하거나 주장하는 사람)를 표방한 예술 운동적인 그의 시작(詩作)에 대하여, 그리고 또한 비상히 애매한 미술적 이론을 갖고 심모(沈某)와 논쟁을 하던 그 시절의 임화에 대하여, 하등의 논술(論述, 어떤 것에 관하여 의견을 논리적으로 서술함. 또는 그런 서술)을 갖고 있지 못할 뿐만 아니라 영화 〈유랑〉, 〈혼가〉 속의 미남 배우 임화에 관해서도, 윤기정, 한설야 등과 같이 영화 이론의 정당한 이해를 위해 싸우던 그 시대에 관해서도 풍부한 논술을 갖지 못할 것이다. 물론 예술운동의 한 중요한 병사로서의 임화…… 나아가 〈카프〉 최고 참모부대의 한 사람인 그를 논술하는 마당에 그가 사업과 일을 통해 예술운동을 전진시키고 동시에 여하히 하며 자기 자신을 완성으로 이끌고 갔는가 하는 그 전진 과정에 대하여 정당한 논술을 하는 것은 아껴서는 안 될 노력이라고 생각한다. 그러나 미완적인 이 글에서는 이러한 모든 것까지도 생략하지 않을 수 없다.

나는 그가 몸맵시(멋)를 내며 소격동(昭格洞, 서울 종로구 소격동)을 넘나들던 그의 중학 시대를 모르며, 그가 쓴 다다시 미술론 그리고 스크린 속의 그의 얼굴 역시 한 번도 본 적이 없다. 오직 임화와 내가 한 대오 속에서 굴러가게 된 1929년으로부터 그의 이야기를 써나가는 것이 가장 적당치 않을까 생각한다.

사실 임화가 우리 예술사상에서 사라지지 않을 흔적을 남기게 된 첫걸음은 이때—다시 말하면 〈네거리의 순이〉, 〈우리 오빠와 화로〉 등의 시를 쓴 김팔봉(소설가 김기진의 필명)의 변증법적 사실주의 속에 숨어 있는 우익적 편향의 암을 적발하던 수차례의 논쟁으로부터 비롯하였다고 해도 과언이 아닐 것이다. 그러나 나는 그가 애매한 회색의식에서 눈뜨고 하나의 조직 속에 투신하여 그 속에서의 장구한 시일의 사업을 통해 중앙위원회의 의자에까지 앉게 되던 그때를, 예술운동의 한 병사로서의 임화에게서 간과치 못할 하나의 중요한 결정적인 시기라고 보는 데 반대할 생각을 하고 있지는 않다. 조직과 분리하여 진정한 일꾼을 생각할 수 없으며 예술적 사업과 예술적 조직을 떼어서 생각할 수 없을진대, 임화가 조직 속에 투신하여 자기 자신을 예술부대의 한 대원으로서 바치게 되던 그 시기야말로 운동 전체를 봐서나 또 개인 임화로 봐서나 가장 결정적인 시기이기 때문이다.

《조선문예》와 《조선지광》 등에 수많은 독자로부터 사랑을 받은 아름다운 시를 발표하던 1929년 7월 어느 저녁, 경성역 대합실에서 안막(安漠, 카프의 제2차 방향 전환을 주도했던 문학평론가)과 내가 임화를 만난 뒤부터 나와 임화는 항상 여러 가지 일을 중심 두고 하나의 대오 속에서 생활하게 되었다. 이때부터 그의 계급생활과 사생활에 있어서는 내가 가장 가까이에서 그를 지켜봤다고 할 수 있다. 이것이 임화를 정당히 보는 데 있어서 하나의 장애가 될지 또는 그 반대의 결과를 낳게 될지는 알 수 없다. 하지만 전면적으로 임화를 인식하는 데 있어서는 내가 누구보다도 유리한 위치에 서 있지 않을까 생각한다.

그의 시 — 전기(前記)의 것과 〈어머니〉, 〈다 없어졌는가〉, 〈우산 받은 요코하마의 부두〉 등이 김팔봉을 위시하여 당시의 활동적 비평가에 의해 격칭(激稱, 격한 칭찬)을 받은 것은 주지의 사실이다. 그 후 일 년 뒤에 일어난 문학의 당파성 확립을 위한 날쌘 준열한 바람에 의해 이러한 모든 시가 소시민적 '이데올로기'에 충만하고 애상적으로 바뀜에도 불구하고, 그의 전기 시에는 일찍이 조선의 '프롤레타리아' 시가 갖지 못했던 풍부함을 갖고 있었던 게 사실이다. 그러한 비판의 뒤를 이어 일어난 '슬

로건' 시에 비하면 몇 배나 더 강렬한 힘을 갖고 우리의 심장을 붙들었기
때문이다.

- 1933년 7월 22일 《조선일보》

2

임화의 시는 혁명성이 없고 '부드럽고, 맛있고, 달콤하다'고 해서 일률
적으로 배격받은 바 있다. 또 그러한 것과의 투쟁에서 새로 움돋은 '슬로
건' 시 역시 채 일 년이 못 되어 세상으로부터 버림을 받았다. 하지만 임화
의 〈우리 오빠와 화로〉가 아직까지 우리의 가슴과 머릿속에 맴돌고 있는
것은 과연 무엇을 말하는가?

임화의 시에 대한 그 시대의 비평은 시인 임화에게 있어서 결코 해로
운 것은 아니었다. 임화의 시에는 비상히 안가(安價, 시세보다 헐한 값)
한 애상적 부분이 중요한 요소로서 관통되어 있는 것이 사실이었고, 임
화 역시 이를 절대 버리지 않았기 때문이다.

동경에 갔을 때도 그는 반년 동안 이에 대해서 심각하게 고민하였다.
그리고 생의 고민을 극복한 끝에 시 〈양말 속의 편지〉를 발표하였다. 이
시가 무산자사(無産者社) 예술부(그때는 이미 〈카프〉 동경지부가 해산
을 선언하고 재(在)동경 카프 멤버는 무산자사 내에 이러한 부서를 두고
그 기관 밑에서 연구회를 가지고 있었다) 연구회에 제출되었을 때 모든
불량한 부분을 소탕하여 버리고 ××적 정열이 문구의 속에 숨어 있는

것을 보면서 격한 칭찬을 마지않은 것은 나 혼자뿐이었던 것인가?

이 시에 대해서 나는 누구보다도 말하고 싶은 것이 많다. 1930년 봄 평양에서 개최된 〈신간회〉 강연 막간에 내가 이 시를 낭독하였을 때 〈신간회〉 중앙 간부들의 애매한 연설에 불만을 가졌던 군중이 수차례 재청(再請)을 하면서 임화의 〈양말 속의 편지〉를 환영한 것은 나로서는 영원히 잊을 수 없는 감격스러운 장면이었다. 이렇게 말하면 그때 강연회에 모였던 군중이 진실한 노동자만이 아니었다는 억측을 하고, 내 말에 반대할지도 모른다. 그러나 이 시가 노동조합 회의석상에서 그리고 고무쟁의의 집회에서 평양의 노동자들에 의해 여하(如何)히 사랑을 받았는가 하는 데 대해서는 수많은 증거를 여기에 나열할 수도 있다.

그러나 시인 임화가 '단순한 사유'를 통해 과거의 모든 시를 뛰어넘어 여기에 도달하였다고 보는 것은 하등의 정당한 관찰도 인연도 없는 피상적인 태도에 지나지 않을 것이다. 이것은 오직 임화가 그의 실천을 통해 그의 심장을 점차 노동자 계급의 속에 두었기 때문에 비로소 가능하였기 때문이다.

사실 임화는 동경에 가 있는 2년 동안 전보다 훨씬 더 정치적 관심 아래 움직이고 있었다. 그의 일체의 기준은 입이 아닌 행동으로서 점점 노동자 계급의 운동으로 접근하고 있었다. 김팔봉과 논쟁하던 시기의 임화는 보다 소박한 임화였다. 그의 〈탁류에 항(抗)하여〉라는 논문은 정치적으로 보건대, 매우 정당한 것을 가졌음에도 빈약한 내용임이 틀림없었다.

그가 완전히 조선의 진정한 예술운동의 지도적인 이론의 대표자가 된 것은 1930년 여름에 발표된 《중외일보》의 〈프로예술운동의 당면한 중심적 과제〉 이후였다. 이 논문은 당시 우리가 당면한 내외정세의 분석에 따라서 조선의 '프롤레타리아' 예술운동 및 〈카프〉 앞에 가로놓인 중심적인 과제를 상술한 방대한 논문이었다. 지금 보면 소잡(素雜, 꾸밈이 없고 잡스러움)한 점과 그릇된 부분도 없지 않지만, 당시 이 논문이 갖는 의의는 매우 중요했다. 이 논문이 작성한 토론의 기운에 의해 조선의 예술운동은 일 보 전진할 수 있었기 때문이다.

그러나 임화가 동경에 있는 동안의 활동은 조선의 예술운동에 대해서보다도 '무산자' 사원으로서의 것이 중심적이었음은 다시 말하지 않아도 자명하다. 예술운동을 해외에서 지도한다든지 또는 〈카프〉의 조직적 차륜(車輪, 차바퀴)을 사실적으로 운반하지 못하는 분자가 중심적인 활동을 할 수 있다는 것은 확실히 잘못된 이론이기 때문이다. 그런데도 그가 동경에 가 있는 동안의 빈궁한 생활은 그의 생활의 모순을 덜어주는 데 있어 매우 큰 역할을 하였다.

- 1933년 7월 23일 《조선일보》

3

그러나 우리가 다 같은 소시민 출신이고 강철 같은 규율 속에서 오랜 시간 동안 조직 생활을 하지 못했다는 공통된 불행이다. 특히 임화는 위경련으로부터 맹장염에 이르기까지 극심한 질병 탓에 조직 생활의 고민을 완전한 정도에서 극복하지 못하고 있다. 우리 누구나가 모두 이 고민을 유리하게 극복하지 않으면 안 될 것이다.

1931년 봄을 전후해 임화와 나는 다시 조선으로 건너왔다. 그리고 다시금 한 몸을 던져서 〈카프〉의 일과 일반 문화사업에 작은 힘이나마 더해 최선을 다하였다.

1931년 3월 27일 개최하려던 〈카프〉 확대 위원회의 준비 모임 이후부터 임화는 〈카프〉의 지도적 지위에 서서 〈카프〉의 핸들을 사실상 잡고 있었다.

두 달의 신음을 지내고, 1931년 9월 중순 나 혼자 서울에 남아 임화의 출감 소식을 들었을 때 그는 〈카프〉 앞에 안심과 낙관을 가지고 홀로 떨어진 나를 위안하면서 있었다. 이에 작년 여름을 전후로 〈카프〉 중앙부를 휩싸고 도는 불량한 경향을 풍편에 들을 때마다 그리고 뒤이어 임화의 맹장염 돌발에 의한 위독한 소식을 접할 때마다 나의 머리는 항상 빛을 잃어갔다. 나는 면회 오는 처를 붙들고 몇 번인가 임화의 위독한 소식에 수심을 지었으며, 그가 기적으로 쾌도(快度)를 전할 때는 온종일 눈물을 흘리며 가슴의 벅찬 고동을 억제하지 못하였다. 창백하지만 몸을 움직일 수 있는 벗 임화의 얼굴을 다시 볼 수 있게 되었기 때문이다.

1932년 《조선일보》 신년호에 〈당면 정세의 특질과 예술운동의 일반적 방향〉을 쓴 이후 임화는 수많은 문제가 산적해 있음에도 침묵을 계속 지키고 있다. 이 침통한 침묵을 여하히 극복하고 예술운동이 당면하고 있는 위대한 고민을 해결하기 위하여 그가 어떤 행동을 취할 것인가에 대한 상상은 진정한 일꾼만이 할 수 있는 일일 것이다.

우리는 지금 결단적인 전향 앞에 도달하고 있다. 이 전향을 위해서는 정책적인 모든 문제뿐만 아니라 우리가 일찍이 범한 중요한 정치적 범오(犯誤, 범죄와 과오)에 대한 엄격한 자기 비평 역시 반드시 필요하다.

- 1933년 7월 25일 《조선일보》

김남천과 임화. 두 사람은 식민지 시대 프로문학의 맹주이자 평생의 라이벌이었다. 하지만 두 사람은 나이와 출신 성분은 물론 지향하는 바도 모두 달랐다.

평남 성천에서 천석꾼이자 군청 공무원의 아들로 태어난 김남천은 1929년 일본 〈호세이대학〉에 입학하면서 임화·안막 등과 함께 〈카프〉 동경지부에 참가했다. 하지만 1931년 제1차 카프 검거 때 체포되어 2년의 실형을 받았으며, 이후 고발문학론·모럴론 등 사회주의 리얼리즘 이론을 개척하면서 창작활동을 병행했다. 반면, 임화는 1908년 서울에서 소시민의 아들로 태어났으며, 학창 시절 이웃 여학교 학생들로부터 '연애대장'이란 별명을 얻었을 만큼 잘 생긴 외모를 자랑했다.

이들이 처음 만난 것은 1927년 7월 어느 저녁 서울역 대합실로 알려져 있다. 동료 문인 안막의 소개로 처음 만나게 된 것이다. 김남천에 의하면,

처음 본 임화는 작가라기보다는 영화배우에 가까운 모습이었다고 한다. 불그스레한 모자에 빌로드(옷감의 종류) 저고리, 회색 바지를 입고 앞이 뾰족한 구두를 신은 그야말로 세련된 복장을 하고 있었기 때문이다.

이후 두 사람은 〈카프〉의 핵심 멤버로 활동하다가 1932년 10월 검거되어 실형을 선고받기도 했으며, 1947년 가을에는 함께 월북을 택했다. 하지만 그것이 그들의 마지막이었다. 휴전 후 남로당 숙청사건 당시 두 사람 모두 숙청을 당하는 불행한 종말을 맞았기 때문이다.

그러한 이유로 한때는 그들의 이름조차 언급되지 못했다. 그러나 1988년 월북 작가 해금 조치 이후 전집이 출간되는 등 재조명 작업이 활발히 이루어지고 있다.

영리하게 살아갈 줄 아는 처세의 대가

춘원은 자본주의 사회에서 가장 영리하게 살아갈 줄 아는 처세술에 능한 많지 않은 시민 중 한 사람이요, 손으로는 수많은 사람의 목덜미를 누르면서도, 입으로는 '왼쪽 뺨을 때리거든 오른쪽 뺨까지 내어주라'고 설교하는 사람들 가운데 가장 '점잖고' 또 가장 '인격 있는' 보기 드문 사람 중 한 사람임이 틀림없다.

──주로 정치와 문학과의 관련에 기초하여

1

춘원 이광수. 나는 그와 이야기를 해본 적이 없다. 작년 늦은 가을, 어느 결혼식장에서 연미복을 입고 주례를 하면서 결혼에 대한 사적(史的) 고찰을 하는 것을 특별한 주의 없이 들었고, 그날 피로연 석상에서 우연히 그의 옆자리에 앉는 광영(光榮)을 얻어 자기 자랑 비슷한 이야기를 들었다. 하지만 그날 그곳에 모였던 벗들도 인사를 시켜줌에 있어 신통한 교우 관계를 금후에(앞으로) 기대할 수 없다는 듯 소개의 노력을 아꼈다. 그러므로 그 절호의 기회도 나에게 이 인기 있는 사상가, 소설가와 이야기할 계기를 만들어 주지는 못하였다.

그때 춘원은 이런 이야기를 하고 있었다.

하루는 창의문(彰義門, 자하문 또는 북문이라고도 함) 밖 자기 집에 그 동리(洞里) 어린애 하나가 숨이 하늘에 닿을 듯이 헐떡거리면서 찾아와서 하는 말이 "지금 저 고갯등(고갯마루)에 있는 술집에서 라디오를 공짜로 듣다가 방송국 관리에게 취체(取締, 단속)를 당하고 있으니 선생 집 라디오도 빨리 치우라"고 하더란다. 이에 춘원은 "나는 돈을 내고 버젓이 들으니까 감출 필요는 없다"고 대답하였다고 한다.

이 이야기를 한 뒤 그는 좌중을 바라보면서 이런 것을 보면 내가 창의문 밖에서 과히 인망은 잃지 않고 사는가 싶다며 만족한 웃음을 지었다.

나는 춘원의 이 좌담을 옆에서 흥미 있게 듣고 있다가 결국 웃어버렸다. 내가 춘원의 이야기를 웃은 것, 그것은 독자들이 직감적으로 판단하기 쉬운 이른바 조소라는 것은 아니었다. 조소라면 거기에 다분히 증오라는 것을 생각할 수 있는데, 이때 나의 웃음은 별로 증오의 감(感)은 들어 있지 않았기 때문이다. 아니, 오히려 나는 거기에서 더 많은 민족을 발견하였다. 내가 늘 생각하고 그러리라고 믿고 있던 춘원의 사상과 설화술(說話術, 이야기를 재미있게 함)이 전모(全貌, 전체 모습)는 아니지만 적어도 그 중요한 일부분을 보인다고 생각했기 때문이다.

사실 춘원 아닌 보통 사람에게서 이 이야기를 듣는다면, 이야기의 종말이 '인망은 잃지 않고 사는가 싶다'가 아닌 '동리 사람이 라디오나 도적질하여 듣는 놈으로 나를 생각하는 모양이니, 나의 인망이란 보잘것

없죠.' 쯤이 되었을 것이다. 그렇게 볼 때, 춘원의 그럴 법한 생활에 관한 태도와 생각을 나는 어느 정도 유추할 수 있었다.

춘원의 자만을 연상할지 혹은 그의 위선적인 세계관이나 사상을 추단(推斷, 미루어 판단함)할지 그것은 독자의 마음에 맡긴다. 하지만 춘원에게 고소(苦笑, 쓴웃음) 없이는 듣기 곤란한 자기 자신에 관한 과대한 '자홀(自惚, 자기도취에 빠짐)'을 알게 한 대부분 책임은 춘원을 모방하다가 이루지 못하고, 그의 코 푼 종이나 주워 모으든지, 그렇지 않으면 그의 구두에 묻은 먼지나 털어줌에 만족하는 수많은 에피고넨(Epigonen, 학문이나 사상, 예술 등에서 독창성 없이 뛰어난 것의 모방만을 일삼는 사람)과 춘원을 '나의 선배' 혹은 '소설 동지'라고 부르면서 시골 술집에서 행세 꽤나 해보려는 불쌍한 문학청년들에게 있는 것이 사실이다. 문학을 지망하는 것을 세상에 다시없는 훌륭한 것의 전부인 줄 생각한다든지, 그다지 신통하지도 않은 글귀를 간새 막은 종이 위에 그려보고 '모든 것이 개재할 수 없는 문학의 신비경이 이곳에 있다'를 연호하면서 자기의 병적인 감각에 스스로 만취하여 문학을 진정한 인간 생활 속에서 정당한 자리 위에 앉히려고 하지 않는 이 불측한 '개구리'들이 던져주는 찬사를 춘원의 '정직'은 그대로 접수했기 때문이다. 그리고 이것을 그대로 저널리즘과 나누면서 자기의 인기를 거두고 있지 아니한가.

여기에 춘원 이광수 씨를 논하려는 글 제목에 '정치와 문학과의 관련에 기초하여'라는 소제를 걸은 바 이유가 있으며, 뒤이어 쓴 글에는 '정치와 문학'과의 관계를 가장 '모범적'으로 실천했으면서도 그 표현에 있어서 간판과 교설은 의연(依然, 전과 다름없음)히 '예술을 위한 예술'을 고집하는 춘원의 처세술에 관한 비밀이 다뤄질 것이다.

그 이유야 어쨌든 춘원은 자본주의 사회에서 가장 영리하게 살아갈 줄 아는 처세술에 능한 많지 않은 시민 중 한 사람이요, 손으로는 수많은 사람의 목덜미를 누르면서도, 입으로는 '왼쪽 뺨을 때리거든 오른쪽 뺨까지 내어주라'고 설교하는 사람들 가운데 가장 '점잖고' 또 가장 '인격 있는' 보기 드문 사람 중 한 사람임이 틀림없다.

- 1936년 5월 6일 《조선중앙일보》

2

그러나 어떤 사람에 관해 이야기하면서 그를 정치와 문학과의 관련이라는 각도에 비춰 살펴보고 싶은 욕망을 갖게 되는 것은 그가 이를 증명하기에 가장 적당한 자료이기 때문만은 아니다. 예술지상주의의 기사(騎士)를 자처하는 사람이나, 순수예술의 청교도로서 명예를 삼는 사람이나, 그의 예술을 정치 세력과 분리할 수 없음과 동시에, 그의 '고귀'하고 '순결'한 문학적 생활 역시 우리를 싸고도는 사회적 지배 세력으로부터 자유로울 수 없기 때문이다. 나아가 그가 부르짖는 '예술을 위한 예술'이라는 예술적 입장 역시 엄연히 하나의 정치적 입장을 표명하고 있다.

'정치와 문학'이 낡은 명제 — 예술을 사회적인 관점에서 살펴보는 것에 대해 최대의 공포를 느끼는 순수예술의 사도들에게 가장 큰 증오의 대상이 된 '마(魔)의 수레바퀴'는 지금 그들의 명예로운 적으로 자임하던 프로 문학의 이론적 효장(驍將, 사납고 날랜 장수)들에 의해 새로운 번민의 씨가 되고 말았다.

생각건대, 문학인가, 정치인가에서 방황하는 마음은 행복 된 사람의 것은 아닐 것이다. 그것보다는 오히려 정치에서 지상을 발견하든지, 문학에서 지상을 발견하든지 그 어느 것을 붙들고 일생을 거기에 의지할 수 있는 자세야말로 행복 된 사람의 것이라고 할 수 있다. 그러나 우리는 아직도 문학인가, 정치인가를 질식할 듯한 긴장을 가지고 생각하고 있다. 거기서 육체적인 것을 느끼고자 하고, 거기서 지식인의 정치욕의 파편이 안고 있는 양심의 잔재를 걷어 보고자 하지 않는가 말이다! 이 불행한 마음은 '정치와 무학의 관계에 있어서 정치의 우위성'이라는 상식으로는 이미 해결할 수 없을 만큼 심각해지고 말았다.

그러나 건전한 상식에서 벗어나 심오한 사색의 구렁텅이를 택한 이들, 즉 '비애의 성사'의 주인공들은 다시금 가장 비속한 상식의 평원을 거닐고 있다. 이에 그들이 바라던 것과는 다른 지극히 평범한 풍경을 산책하고 있지 아니한가!

사실 '정치의 우위성'이라는 상식을 뿌리치고, 정치인가, 문학인가를 번민하는 것 자체는 인간적인 정열을 찾아볼 수 있는 것이다. 그 때문에 이것이 진지한 예술가와 지식인의 하나의 기질화 한 정치적 의욕일 때 이것은 우리 젊은 사람의 심장을 잡아 뜯는 격투적인 것을 가지고 육박

할 수도 있다. 그러나 이 과정을 안일하게 탈출하여 문학과 정치 내지는 예술과 생활의 이원적인 속학 관념론에 도달하여 '얻은 것은 이데올로기요, 잃은 것은 예술'이라는 순수예술의 항구에 상륙함에 이를 때는 다시 가장 더러운 다른 하나의 상식으로 돌아가고 말 것이다. 여기에는 청년적인 정열도 없고, 진실한 진리의 고뇌도 없다. 공허한 인간학의 파편과 형이상학의 냄새 나는 사변, 그리고 손에 담을 수 없는 소시민의 페시미즘(Pessimism, 염세주의, 비관주의)이 그들의 방 안을 연기와 같이 더럽히고 있을 뿐이다.

그러나 이것은 결코 하나의 레토릭(Rhetoric, 효과적인 화술·작문의 기술로서의 수사법) 효과를 목적한 역설의 번롱(翻弄, 이리저리 마음대로 놀림)은 아니다. 우리의 행복이 상식에서 초월하느라 깊은 골짜기를 찾아갔다가 쓸데없는 속적 비애만을 안고서, 다시금 저하된 상식으로 돌아가 버린 수많은 실례를 가지고 있는 것이 사실이며, 그들이 입으로는 예술의 옹호와 문화의 독자성을 되풀이하고 있음에도 불구하고, 그 가면을 벗겨 보면 이미 명확한 사회적 지주를 상실한 예술지상주의의 새로운 영자(影子, 그림자)로서 중간적인 모든 유파와 함께 예술의 빈 고궁을 지키자는 자들임이 틀림없다. 결국, 오랜 항해 끝에 가 닿은 곳은 일찍이 그들에 의해 조매(嘲罵, 업신여기어 비웃으며 꾸짖음)의 대상이었던 지상주의의 저하된 상식에 불과하다.

정치와 문학! 이 명제의 재인식은 다시금 새로운 과제로서 현실성을 띠게 되었다. 그러나 결코 해결 곤란한 것은 아니다. 자기 자신을 보고 주위를 두루 살펴보던지 또는 어떤 사람, 즉 그와 그가 걸어온 길을 한번 돌이켜 보는 데 의해서도 쉽게 알 수 있는 문제임이 틀림없다.

- 1936년 5월 7일 《조선중앙일보》

3

이렇게 해서 나는 순수예술의 빛나는 장성들이나 그들의 새로운 혁○(爀○)한 대변자—프로 문학으로부터 개종한 이원론의 이론적인 기수들의 모멸을 각오하고, 유일한 나의 건전한 상식인 '문학과 정치와의 관계에 있어서 정치의 우위성' 관점을 통해 구원한 역사를 가진 한 사람의 예술지상주의자 춘원 이광수 씨를 머릿속에 그려본다. 물론 여기서 20여 년에 긍(亘, 걸침)하는 이광수 씨의 경력에서 정치적 생활이 문학적 생활보다 우위에 있다든지 또는 그 두 개 중 어느 것이 더 본격적인 것이었는지를 말하는 우를 범하고 싶지는 않다. 왜냐하면, 정치와 문학—개념상으로 양자를 분리할 수 있다고 해도, 한 사람의 생활을 두 개의 각도에 따라 따로따로 관찰하면서 그것을 분리 내지는 대립한 형태로 고찰하는 것은 본질적으로 이원론의 아류에서 벗어나지 못할 것이기 때문이다. 그러므로 정치와 문학과의 통일된 관점을 사수하고, 이광수 씨의 20년 동안의 생활을 정치적 생활과 문학적 생활의 분리나 비교의 사상에 의해서가 아닌 서로 여하히 교호(交互, 서로 번갈아 함) 침투하면서, 나아가 서로 여하히 제약하면서 어떻게 통일된 형태로 진행되어 왔는지를 성찰하는 것에서 보다 더 큰 흥미의 중심을 발견하고자 한다.

　문제는 이광수 씨가 상해 등을 무대로 하면서 화려한 활동을 전개하였던 최고봉을 이룬 정치적 생활과 〈무정〉을 생산하던 앙양(昂揚, 흐름이나 과정이 드높아지거나 활발하여짐)된 작가 생활 중 어느 것이 더 인류를 위해 가치 있는 것이며, 한 명의 공적, 사회적 인간으로서 그에게 부과된 임무를 더 효과적으로 수행했느냐에 있는 것이 아니다. 그의 정치적, 사상적 변천이 그의 예술적 작품과는 전혀 무관한지, 아니면 정치적 활동의 기복과 궤를 같이하여 그것을 여실히 반영하면서 또는 제약하면서 우금(于今, 지금까지)에 이른 것인지 거기에 이 글을 쓴 목적이 있다. 이는 예술지상주의자의 예기(囈語, 잠꼬대와 같은 시시한 소리)나 예술과 생활의 이원론에 의해서는 조선의 신문학 운동을 사회적인 역사의 흐름 속에서 해명할 수 없을 뿐만 아니라 일개 작가, 일개 작품의 가치 역시 그가 처했던 시대의 객관적 반영으로써 평가할 수 없기 때문이다. 그리하여 그들의 천 가닥 만 가닥 문장을 소비해서 겨우 달성한 것은, 20년 전과 지금과의 차이는 사회 의식의 발전뿐이요, 예술적으로는 하등의 진전도 없다는 해괴한 분리 이론에 불과할 뿐이다.

　결국, 이광수 씨의 문학이 야담으로 타락하고 통속소설로 미끄러지는 것을 조소할 줄도 알고, 욕설할 줄도 알지만, 그것을 사회적 혹은 문학사적으로 평가하는 데는 그의 개인적인 사상과 정치 생활을 분리해야 한다. 그렇지 않으면 민족 문학의 퇴영적 경향이라는 애매한 ○설이나 민족 파시즘의 대두라는 일반적인 사회 정세의 분석으로 대치할 수 있기 때문이다.

　인간성의 탐구니, 개인 창조력의 중시니 등등의 고갈(高喝, 꾸짖음)은 외인(外人)의 문장의 카피에서만 가능하다. 또한, 그들은 한 명의 작가가 쓰고 있는 작품을 그 작가의 정치사상의 개인적 특징에서 추출하여 보는 데 인색하기 짝이 없다. 더욱이 한 명의 작가의 창조적인 기술이 저하되고 고양되는 것을 그의 정치 사상 내지는 생활과의 관련 아래에서 해명하고자 하는 진지한 태도는 그들에게 있어 마치 열대지방에서 백설(白雪)을 구하는 것보다도 희기(稀奇)한 일임이 틀림없다.

- 1936년 5월 8일 《조선중앙일보》

　백범 김구를 존경하는 사람들에게 〈백범일지〉를 춘원 이광수가 윤문하고 각색했다는 사실은 충격일 것이다. 〈백범일지〉는 쉽고 간결한 문장에 유려한 필치로 출간되자마자 큰 반향을 불러일으켰다. 백범의 삶도 흥미롭지만, 임시정부를 중심으로 한 독립지사들의 행적을 파악할 수 있는 거의 유일한 책이기 때문이다.

　우리 근대 문학사에서 춘원 이광수의 발자취는 누구보다도 크고 선명하다. 근대문학 운동을 앞장서서 이끌어 온 선구자 중 한 사람이기 때문이다. 특히 그의 글은 기존 작가들과는 확실히 달랐다. 그는 일상생활에서 자주 쓰는 쉬운 단어를 사용해 글을 썼는데, 문장이 매끄러울 뿐만 아니라 어휘가 풍부해 누구나 쉽게 이해할 수 있었다. 무엇보다도 재미가 있었다. 그만큼 그는 타고난 글쟁이였다.

그러나 그의 행적이 문제가 되었다. 한때 3·1 독립선언서의 기초가 된 2·8 독립선언서를 작성하고, 상해 임시정부에서 활동하면서 《독립신문》에 애국적인 글을 쓰기도 했지만, 결국 변절하고 말았다. 그러고 나서 그가 쓴 글이 바로 〈민족개조론〉이었다. 그것은 친일의 글이었다. 그후, 1937년 '수양동우회 사건'에 얽혀 옥살이를 하고 나온 그는 본격적인 친일의 길로 들어서며 민족의 정신을 훼손하기 시작했다. 그러면서도 자신을 '민족주의자'라고 포장했다. 하지만 아이러니하게도 해방된 조국에서 '민족 반역자'라는 굴레를 쓰고 숨죽여 살다가 6·25 전쟁 중 납북되어 그해를 넘기지 못한 채 비운의 삶을 마감하고 말았다.

과연 그는 자신의 친일 행동에 대해서 어떤 생각을 가졌을까.

"내가 조선 신궁에 가서 절하고 카야마 미쓰로(香山光郎)로 이름을 고친 날 나는 벌써 훼절한 사람이었다. 전쟁 중에 내가 천황을 부르고, 내선일체를 부른 것은 일시 조선 민족에 내릴 듯한 화단을 조금이라도 돌리고자 한 것이지만, 그러한 목적으로 살아 있어 움직인 것이지만, 이제 민족이 일본의 기반을 벗은 이상 나는 더 말할 필요도, 말하지 않을 필요도 없는 것이다."

-이광수, 《나의 고백》 중에서

채만식이 자신의 행동을 뒤늦게 깊이 뉘우치고 반성한 데 비해 그의 말은 자신의 행동을 정당화한 측면이 강하다. 반성이라고는 없었다.

　　얼마 전 그의 이름을 딴 문학상을 제정한다고 해서 말이 많았다. 하지만 이 역시 결국 친일 논란 때문에 철회되고 말았다. 평론가 김현의 말처럼. 그는 아직도 '만질수록 덧나는 상처'임이 틀림없다.

스타일만 찾는 모더니스트

그는 시에서 소년기를 회상한다. 아무런 감정도 나타내지 않고 동화의 세계로 배회한다. 그러면 그는 만족이다. 그의 작품은 그 이상의 무엇을 우리에게 주지 않는다. 그는 앞날을 이야기한 적이 없다. 자기의 감정이나 의견을 이야기하지 않는다.

　백석(白石)을 모르는 사람이 백석론을 쓰는 것도 일종 흥미 있는 일일 것이다. 그러나 시집《사슴》이외에는 그를 알지 못하는 나로서 그를 논한다는 것은, 더욱이 제한된 매수로서 그를 논한다는 것은 쉬운 일일 수 없다. 남을 완전히 안다는 것도 결국은 자기 견해에 비추어 남을 이해하는 것인 만큼 불완전한 것인데, 더욱이 그의 시(詩)만을 가지고 그를 논하는 것은 대단히 불가한 일일 것이다. 그러므로 나의 백석론은 그의 작품을 통해서 본 그의 인간성과 생활을 논하는 것이라고 변해(辨解, 말로 풀어서 밝힘) 해야만 한다.

　백석 씨의《사슴》은 어떠한 의미에서는 우리 시단의 경종이었다. 그는 민족성을 잃고 지방색을 잃은 자기 주위의 습관과 분위기를 알지 못하고 그저 모방과 유행에서 허덕거리는 이곳의 뼈 없는 문청들에게 참으로 좋은 침을 놓아준 사람이다. 그러나 이것은 백석의 자랑이 아닌, 조선 청년들의 미제라블(Miserable, 비참한)한 정경이라고도 볼 수 있다.

내가 보기에 백석은 시인이 아니다. 시를 장난—즉, 향락—하는 한 모던 청년에 지나지 않는다. 그는 그의 시집(《사슴》은 '얼룩소 새끼의 영각', '돌덜구의 물', '노루', '국수당 넘어' 등 총 4부로 구성되어 있다) 속 '얼룩소 새끼의 영각' 안에 〈가즈랑 집〉, 〈여우난골족〉, 〈고방〉, 〈모닥불〉, 〈고야〉와 같은 소년기의 추억과 회상을, '돌덜구의 물' 안에 〈초동일〉, 〈하답〉, 〈적경〉, 〈미명계〉, 〈성외〉, 〈추일산조〉, 〈광원〉, 〈흰 밤〉과 같은 풍경의 묘사와 조그만 환상을 코다—크에 올려놓았고, '노루'와 '국수당 넘어'에서도 역시 추억과 회상과 얕은 감각과 환상을 노래하였다.

그는 조금도 잡티가 없는 듯이 순수한 소년의 마음을 통해 승냥이가 새끼를 치는, 전에는 쇠메(쇠로 만든 메)를 든 도적이 났다는 가즈랑고개와 돌나물김치에 백설기 먹는 이야기, 쇠똥도, 갓신창(갓에서 갓 뽑혀 나온 말총 가닥)도, 개니빠디(개의 이빨)도 타는 모닥불, 산골짜기에서 소를 잡아먹는 노나리 꾼(밀도살 꾼), 날기 멍석을 져간다는 닭 보는 할미를 차 굴린다는 땅 안에 고래 등 같은 집 안에 조마구(옛 설화 속에 나오는 키가 매우 작은 난쟁이) 나라 새까만 조마구 군병, 이러한 우리가 어렸을 때 들었던 이야기와 그 시절의 생활을 그리고 기억에 남는 여행지를 계절의 바뀜과 풍물의 변천되는 부분을 재치 있게 붙잡아다 자기의 시에 붙여놓는다. 그 때문에 아무리 선의로 해석하려고 해도 앞에 지은 그의 작품만으로는 스타일만을 찾는 모더니스트라고밖에 볼 수 없다.

그는 시에서 소년기를 회상한다. 아무런 감정도 나타내지 않고 동화의 세계로 배회한다. 그러면 그는 만족이다. 그의 작품은 그 이상의 무엇을 우리에게 주지 않는다. 그는 앞날을 이야기한 적이 없다. 자기의 감정이나 의견을 이야기하지 않는다.

사실인즉슨, 그는 이럴 필요가 없었을지도 모른다. 근심을 모르는 유복한 집에서 태어나 단순한 두뇌를 가지고 자라났으면, 단순히 소년기를 회상하며 그곳에 쾌감을 느낀다면, 그것은 자기 하나만을 위해서는 결코 나쁜 일이 아니니까. 다만, 우리는 그의 향락 속에서 우리가 섭취할 영양을 몇 군데 발견함에 지나지 아니할 뿐이다.

그러나 우리는 이것을 곧 시(詩)라고 인정한 몇 사람 시인과 시인이라고 믿는 청년들과 그것을 칭찬한 몇 사람 시인을 생각하지 않을 수 없다.

현실을 그냥 변화시키지 않고 흡수하기 쉬운 자연계의 단편이 있다. 가령, 제주도에는 탱자나무에도 귤이 열린다 하고 평안도에서는 귤나무에서 탱자가 열린다 하자. 물론 이것을 아름답게 수사한다면 모르거니와 그냥 기술한다고 해도 제주도 사람들에게는 평안도의 탱자 열매가 시가 될 수 있고, 평안도 사람에게는 큰 귤이 시가 될 수 있는 것이다.

이와 마찬가지로 백석의 추억과 감각에 황홀해 하는 사람들은 결국 그의 어린 시절을, 그리고 자기네들의 생활과 습관을 잊어버리거나 알지 못하는, 말하자면 너무나 자신과 자기 주위에 등한(等閑, 무엇에 관심이 없거나 소홀함)한 소치(所致, 어떤 까닭으로 생긴 일)임을 여실히 공중 앞에 표백(表白, 생각이나 태도 따위를 드러내어 밝힘)하는 것이다. 만

일 이런 내 말을 독자가 신용한다면 백석 씨는 얼마나 불명예스러운 시인의 칭호를 얻은 것인가. 나아가 그를 시인으로 추대하고 존숭한 독자나 비평가들은 얼마나 자신의 무지함을 여지없이 드러낸 것인가!

이렇게 말하면 내 의견에 반대하는 사람은 신문학이니, 새로운 유파니 하면서 그의 작품을 신지방주의나 향토색을 강조하는 문학이라고 이름 붙여 옹호할 것이 틀림없다. 그러나 그러면 그럴수록 이러한 사람들은 자기의 무지를 폭로하는 것이라고밖에 나는 볼 수 없다. 지방색이니, 뭐니 하는 평계 하에 현대 난잡한 기계 문명에 마비된 청년들은 그 변태적인 성격으로 인해 이상한 사투리와 뻣뻣한 어휘에도 큰 쾌감과 흥미를 느끼게 된다. 그러나 이것은 결국 그들의 지성의 결함을 증명하는 것이다. 크게 주의(主義)가 될 수 없는 것을 주의라는 보호색에 붙여서 일부러 그것을 무리하게 강조하려고 하는 데 더욱 모순이 있다. 그리하여 외면적으로는 형식의 난잡함으로 그것이 나타나고, 내면적으로는 인식의 천박함으로 표시된다. 모 씨와 모 씨 등은 이 시집 속에 글귀 글귀가 얼마나 아담하게 살려졌으며 신기하다는 데 극력 칭찬을 아끼지 않는다. 하지만 그것은 단순한 나열에 그치는 경우가 많고 단조와 싫증을 면하기 어렵다. 미숙한 나의 형용으로 말한다면 백석 씨의 회상시는 갖은 사투리와 옛이야기, 연중행사의 묵은 기억 등을 그것도 질서없이 그저 곳간에 볏섬 쌓듯이 그저 구겨 넣은 것에 지나지 않는 것이다.

백석 씨는 시인도 아니지만, 지금은 또 시도 쓰지 않는다. 그리고 나는 그를 잘 알지 못한다. 그러니까 지금까지의 내가 한 말 중에는 많은 착오도 있을 줄 안다. 이에 작품으로 볼 수 있는 백석에 대해서 음미해보았다.

백씨와 나와는 근본적으로 상통되지 않는지는 모르지만, 나는 백씨에게서 많은 장점과 단점을 익혀 배웠다. 그리고 한편으로는 백씨에게 감사해 마지않는다.

'시인'이란 칭호가 백석에게는 벌써 흥미를 잃었는지 모르겠지만, 나는 참으로 백석을 위하여, 그리고 내가 그에게 많은 지시를 받은 감사로서도, 그가 좀 더 인간에의 명석한 이해를 가지고 앞으로 좋은 작품을 써주지 않는 이상, 나는 끝까지 그를 시인이라고 부르고 싶지 않다. 그것은 다른 범용한 독자와 같이 무지와 무분별로써 시를 사주고 싶지는 않은, 참으로 백석 씨를 아끼는 까닭이다.

- 1937년 4월 《풍림》

백석은 1930년 19세의 나이로 《조선일보》 신춘문예에 단편소설 〈그 모(母)와 아들〉이 당선되어 문단에 화려하게 데뷔했다. 그리고 6년 후 첫 시집 《사슴》이 출간하였 다. 고향의 밤 풍경을 담백하게 그려낸 〈정주성〉으로 그가 문단에 얼굴을 내민 지 다섯 달도 채 지나지 않았을 때였다. 이는 이 시집에 실린 서른세 편의 작품 중 상당수가 그 이전에 쓰였음을 뜻하는 것으로, 그 전부터 이미 그가 뛰어난 시인이었음을 보여주는 것이기도 하다.

《사슴》의 출간은 우리 문단을 뒤흔든 일대 사건이었다. 미려한 감수성과 토속적인 시어로 평단의 극찬을 받았기 때문이다. 그 결과,《사슴》은 그 시대 가장 귀한 시집이 되었다. 당시 학생이었던 시인 윤동주는 "시집 《사슴》을 구할 수 없어 손으로 베껴서 읽고 또 읽었다"고 술회할 정도였다. 하지만 모두가 그에게 호의적이었던 것은 아니다.《사슴》에 대한 평가는 극과 극을 달렸다.

소설가 이효석은 "잃었던 고향을 다시 찾았다"며 호평했고, 시인 박용철 역시 "모국어의 위대한 힘을 거듭 느끼게 되었다"며 극찬을 아끼지 않았지만, 시인 임화나 오장환은 그의 시가 삶의 진실을 드러내지 못했다며 비난하기도 했다. 예컨대, 임화는 백석의 '야릇한 방언'을 지방주의라고 낙인찍었으며, 오장환은 그를 일컬어 '스타일만을 찾는 모더니스트'라며 악담을 쏟았다.

그들은 왜 백석을 그렇게까지 비난했던 것일까. 그들 역시 탁월한 시인이었음은 재론의 여지가 없다. 하지만 그들은 백석의 시를 제대로 이해하지 못했을 뿐만 아니라 기교를 최고로 치는 기교주의자였다. 그러니 꾸밈없는 고향 사투리로 시를 쓴 백석의 시가 아주 볼품없고 촌스럽다고 느꼈던 것이다.

백석은 탁월한 시인이었다. 그는 20대의 젊은 나이에 다양한 문예사조와 사상을 널리 접했지만, 자신의 시어에서 현학(衒學, 학식이 있음을 자랑하여 뽐냄)을 철저히 배제했다. 살아 숨 쉬는 고향 말이 아니고서는 우리의 문화적 정체성을 되살릴 방법이 없다고 믿었기 때문이다.

새끼오리도 헌신짝도 소똥도 갓신창도 개니빠디도 너울쪽도 짚검불도 가랑잎도 머리카락도 헝겊도 막대꼬치도 기왓장도 닭의 짖도 개터럭도 타는 모닥불

재당도 초시도 장문 늙은이도 더부살이 아이도 새사위도 갓사둔도 나그네도 주인도 할아버지도 손자도 붓장사도 땜장이도 큰 개도 강아지도 모두 모닥불을 쪼인다.

모닥불은 어려서 우리 할아버지가 어미아비 없는 서러운 아이로 불쌍하니도 몽둥발이가 된 슬픈 역사가 있다.

-백석, 〈모닥불〉

*갓신창 : 부서진 갓에서 나온 말총으로 된 질긴 끈의 한 종류

*개니빠디 : 개의 이빨

*너울쪽 : 널빤지쪽

*짖 : 깃

*개터럭 : 개의 털

*재당 : 재종(再從). 육촌

*문장 : 한 문중에서 항렬과 나이가 제일 위인 사람

*몽둥발이 : 딸려 붙었던 것이 다 떨어지고 몸뚱이만 남은 물건

다정다한하고, 불가사의한 성격의 소유자

참으로 군은 불가사의의 성격의 소유자다. 그 까닭에 군은 온순한 동시에 맹렬한 열정의 폭발이 있고, 다정다한한 동시에 비장한 종교적 잔인성이 있으며, 무사기한 동시에 턱없이 남에게 오해를 받을 파천황의 탈선적 행동을 예사로 하는 것이다.

누구든지 군에 대하여 심체(深切, 깊고 절실함)한 이해를 갖지 못하니, 나는 군을 다정다한(多情多恨, 정 많고 한이 많음)하고 온량하고, 무아기(無邪氣, 조금도 간사한 기가 없음) 한, 간단하게 말하면 '사람 좋은 이' 혹은 '얌전한 사람'이라고 하겠다.

사실 군이 다정다한하고, 온순하고, 무사기하지 않음은 아니지만, 그 것은 군의 성격의 어느 일면의 반영이요, 결코 전부가 아니다. 나는—적어도 군과 3년 이상의 긴 시일을 특수하고 변함없는 우의(友誼)를 지속하여, 서로의 장점과 단점을 다 아는—나는 군을 단지 '사람 좋은 이', '얌전한 사람'이라고만 부름을 들을 때 일반이 군을 적어도 군의 어느 부분을 묵살하고 무시하는 것 같은 야속한 생각이 있었다. 그럴 때 나는 군이 단지 '사람 좋은 이', '얌전한 사람'이라는 값 헐한 칭찬을 받음보다—

Something more 칭찬받을 '무엇이' 있음을 말로든지, 글로든지, 무엇으로든지, 여러 사람 앞에 보여주고 알려주고 싶었다.

속담에 "고기는 깨끗할수록 맛이 있다"는 말과 같이, 군은 사귈수록 군의 성격의 우아하고 감정의 세세함과 또 속된 눈으로는 알아차릴 수 없고, 범속한 관찰로는 도저히 이해할 수 없는 '불가사의의 성격'이 있음을 발견한다. 참으로 군은 불가사의의 성격의 소유자다. 그 까닭에 군은 온순한 동시에 맹렬한 열정의 폭발이 있고, 다정다한한 동시에 비장한 종교적 잔인성이 있으며, 무사기한 동시에 턱없이 남에게 오해를 받을 파천황의 탈선적 행동을 예사로 하는 것이다. 그것이 군의 성격의 불가사의한 점이며 이 불가사의한 성격이 나를 한없이 기겁하게 하여 오늘까지 우리(군과 나) 두 영혼을 끊을 수 없는 끈으로 매어놓은 것이다.

이렇듯 군에게 대한 이해가 없으므로, 난 군을 가리켜 주의가 뇌락(磊落, 마음이 너그럽고 작은 일에 얽매이지 않음)하게 서지 못한 이라고도 할 것이며, 모든 것에 대한 책임성이 박약한 사람이라 할 때도 있을 것이다. 하지만 군을 평함에 마땅히 무슨 주의가 연약하니, 무슨 책임성이 없느니 하는 것은 의미 없는 말이라 함보다도 군의 청춘을 상하게 하는 중요하지 않은 말이라 하는 것이 마땅하겠다.

군은 소위 '주의'라는 것이 박약한 동시에 '보다 넓은 주의'와 '보다 깊고 넓은 주의'가 확실하며, 소위 '책임성'이란 것을 무시하는 동시에 호대(浩大, 매우 넓고 큼)하고, 유원(幽遠, 심오하여 아득함)한 신비적의 책임성을 가슴 깊이 느끼는 것이다.

대학 기숙사 내 6층 방 안 산란한 책 틈에서 심사와 묵상으로 창백하게 말라가는 군과 야외나 카페 같은 곳에서 구각(口角, 입꼬리)에 포말(泡沫, 물거품)을 날리고, 거대한 권골(拳骨, 주먹)을 휘두르면서 감격에 떨리는 구조로 장래의 이해를 열논(熱論)하는 군의 면영(面影, 얼굴)을 접하노라면 군이 책임성이 없느니, 주의와 의지가 박약하니 하는 말은 더는 하지 못할 것이다.

길게 말할 것도 없이 군을 무슨 건물상이나 혹은 무슨 서기생(書記生) 같은 인물을 평하는 척도를 가지고 얘기하는 것은 너무도 무정한 일이다.

- 1921년 1월 20일 《폐허》 2호

오상순 하면 생각나는 이야기가 있다. 고등학교 시절, 국어 선생님이 들려준 그의 별명에 관한 것이다. 아는 사람은 알겠지만, 그의 호는 '공초(空超)'이다. 그런데 그가 담배를 너무 많이 피운 나머지 다른 이들이 그를 '공초'가 아닌 '꽁초'로 불렀다는 것이다. 그 이야기가 인상 깊었기 때문인지 내 기억 속에서 '오상순'이라는 쉽게 지워지지 않게 되었다. 나중에 안 사실이지만 그의 호 공초는 '비움을 초월했다'는 매우 철학적이고 사색적인 뜻을 담고 있었다. 그리고 거기에는 그럴 만한 사정이 있었다.

말 그대로 그는 대단한 애연가였다. 아침에 일어나서부터 저녁에 잠을 잘 때까지 손에서 담배를 놓지 않았다곤 한다. 그것이 무려 아홉 갑이었다. 낱개로 치면 무려 '180개비'에 해당한다. 놀라운 것은 그가 서른 살이 전까지는 담배에 손도 대지 않았다는 것이다.

그의 벗이었던 수주 변영로 역시 담배를 무척 사랑했던 듯하다. 그의 수필집 《명정사십년》을 보면 담배에 관한 이야기가 나오는데, 어느 날 밤 한강에 배를 띄워놓고 지인과 함께 술과 담배, 그리고 담론을 맘껏 즐겼다고 한다.

오상순은 1920년대 《폐허》 동인으로 참여하면서 문단 활동을 시작했다. '폐허'란 이름은 '옛것은 멸하고, 시대는 변한다. 새 생명은 이 폐허에서 피어난다'는 독일 시인 실러의 시에서 따온 것이다. 하지만 다부진 각오로 시작했던 《폐허》는 2호까지만 발간한 채 역사 속으로 사라지고 말았다.

그는 자기 호에 담긴 뜻 그대로 철저한 '무소유'의 삶을 실천했다. 그러다 보니 마음 편히 지낼 방 한 칸 없었다. 심지어 살아생전 시집 한 권 출간한 적이 없다. 오직 담배를 피우기 위한 파이프 하나와 다방을 드나들면서 사인을 요청하는 사람들에게 내미는 사인북이 그의 전부였다.

"나는 밤마다 죽음의 세계로 향하는 마음으로 자리를 깐다. 다음 날 다시 눈을 뜨면 나의 생은 온통 기쁨과 감사, 감격으로 가득하다"고 술회하던 그. 만날 때마다 "고맙고 기쁘고 반갑다"며 아이처럼 밝게 웃던 그는 1963년 6월 3일 담배 연기와 함께 이 세상에서 사라지고 말았다.

현대시의 새로운 개척자

> 그는 시에서 철학이나 문학을 이야기하기보다 '인생'을, 아니 '인간'을 발견하는 데 주력하고, 인간과의 대항적인 배열은 회화(繪畵)로 선택하였다. 그리하여 회화 속에는 '도시', '바다', '식목'과 같은 고정된 미의 반영과 실신한 사람이 중얼거리는 이야기처럼 아무런 '맥'이 없지만 아름답게 들리며, 이에 독자는 공감하게 된다.

조병화(시인)의 작품을 대할 때마다 나는 이상스레 경쾌한 기분을 느낀다. 그의 러브(love)로의 정신이 시에 있어서 놀라울 만큼 정확히 묘출된 것과 직감이나 소재, 테마나 사고가 우리의 체험과 신변 그리고 시정(詩情)과 일상생활에 기반을 두고 있는 까닭에 쉽게 공감할 수 있기 때문이다. 그리하여 그의 대부분의 시작(詩作)들은 주제가 그런 것과 같이 독자에게 매혹의 정을 불러일으키는 데, 이것은 시로서의 완성을 의미하는 것과는 달리 하나의 중대한 의미를 완수하고 있다고 나는 생각한다.

그의 초기의 작품은 소묘 형식을 취한 '바다'를 주제로 하였다. 그러나 최근 내가 받은 그의 제3 시집《패각의 침실》은 '바다'의 시대를 지나는 동안 얻은 존귀한 현대의 감수성과 표현상의 기술로써 근대사회의 문명

형성의 발상지이며 상징인 도시와 그곳에 사는 인간의 세상을 노래하고 있다. 그러나 그의 출발의 영향은 전 작품에 큰 음영을 주며, 이로 인해 그의 시가 갖는 입장은 한층 더 유리하게 전개된다. 예를 들면,

초침을 따라
전쟁이 짓밟고 간 나의 피부는

-조병화, 〈비치파라솔〉 중에서

여자들이 모두 빨간 입술들을
긴 목 위에 앉혀놓고
만국기 아래 상품들처럼 나열한다.

-조병화, 〈결혼식장〉 중에서

이와 같이 통속적이고 쉬운 언어의 작용을 연속하면서도, 그는 자기의 시적 표현을 효력 있게 만든다. 물론 어디까지나 그의 두뇌나 정신, 감각을 지배하는 것은 천성적인 시인으로서 비극인 까닭에, 그의 정신에 부수되는 일체의 고민은 인간으로서의 내성과 견문에 대한 진지한 비판이 진실한 형태와 시기(時機, 적당한 때나 기회)에 있어서 시로써 형성된다고 나는 오랫동안 생각해왔다. 물론, 이것은 비단 조병화만은 아니다. 그의 시 〈미세스와 토스트〉, 〈나 사는 마을〉, 〈위치〉 등은 그만이 갖는 관념적인 비판으로 일상의 소재를 정리하고 있는 것이라고 나는 믿는다.

그는 시에서 철학이나 문학을 이야기하기보다 '인생'을, 아니 '인간'을 발견하는 데 주력하고, 인간과의 대항적인 배열은 회화(繪畵, 그림)로 선택하였다. 그리하여 회화 속에는 '도시', '바다', '식목'과 같은 고정된 미의 반영과 실신한 사람이 중얼거리는 이야기처럼 아무런 '맥'이 없지만 아름답게 들리며, 이에 독자는 공감하게 된다.

현대에 있어 더욱이 전시 하 피난 온 부산이라는 불모의 육지에 있어, 조병화뿐만 아니라 대부분 시민은 각종 불안으로 인해 정신을 콤플렉스의 경지에 빠뜨리고 말았다. 그래서인지 특수한 몇 편을 제외하고서는 그의 시의 각 절은 '착란'의 릴레이를 한다. 이에 대해 낡은 시의 전통에 젖은 독자는 "이것은 시가 못 된다"고 공격할지도 모른다. 그러나 나는 이러한 것이 도리어 그의 장점이 될 것이며, 현대시만이 가질 수 있는 모험이라고 믿는다. 원래 시에는 어떠한 표현 규정도 있지 않기 때문이다. 따라서 새로운 세대의 의욕적인 시인은 자기 마음대로 시를 변형할 수 있는 권리가 있다.

《패각의 침실》은 전체 시의 구도가 각종(各種, 온갖 종류) 각색(各色, 갖가지의 빛깔)인 것처럼 그는 전절과 연관되지 않는 다음 절을 콤플렉스의 정신으로 묘출할 수 있고 또한 이에 한결 더 능숙해졌다.

지금 그의 시집을 통독해 보니(물론 잡지나 신문에서 읽은 일이 있으나), 그는 미래에 대해 절망하면서도 늙어가는 것이 싫은 것처럼 많은 애착이 있으며, 절망 자체가 매우 즐거운 것처럼 믿고 인생과 대결하고 있다.

그것은 꼭 타야 할 최종 열차를 놓쳐버린

우울과 같은 것

-조병화, 〈당나귀-프란시스 짐〉 중에서

그는 아무 불평도 한탄도 없이 인간이 사는 사회가, 우리의 현실이 그리 아름답지 못하다는 것을 즉각적으로 판단하고 있다. 이것은 시인으로의 그의 건전성을 노정(路程, 거쳐지나가는 과정) 시키는 방법인바, 나는 처음 말한 것처럼 그의 사고와 체험이 일상생활에 부동한 기반을 두고 있는 데서 생기는 요인이라고 생각한다.

대상은 말만 들어도 시와 같고, 이야기는 즐겁고, 표현은 어떤 지적인 경쾌함을 주고…… 조병화는 그의 사람됨이 원만한 것과 같이 시를 쓰는 데 탁월한 묘법이 생긴 듯하다. 도시에 사는 사람이 우울을 견디다 못해 주점에 가는 시를 씀에 있어 도시의 불안이나 주점의 복잡을 그는 몇 마디의 간결한 언어로 종결짓는다.

눈 내리는 주점에 기어들어 나를 마신다

이러한 표현이야말로 도시에 사는 누구나 체험할 수 있는 일이 아닐까?

지금 병화는 그가 가진 시대의식과 비판 정신으로 현대시의 새로운 영역을 개척하고 있다. 일상적인 언어(국어체 실현)에서 일어나는 제상

(諸相, 여러 가지 모양)을 그리 중대하게 고심하지도 않으며(그는 간접적인 자기 분열이라고 하나), 오직 천성의 비극에 진실하기 위해 시를 쓰고 있다.

'생의 종말적인 광장.' 이는 대단히 문학적인 용어이자 표현이지만, 시가 될 수 없다.

조병화는 현대의 지식인이 느끼는 솔직한 고발을 알기 쉬운 표현으로 노트한 것이 좋은 시가 되었고, 또한 이 집결체가 제3 시집《패각의 침실》이란 이름으로 세상에 나오게 되었다.

병화의 이름이 시의 역사에 남을 것처럼 그의 시를 읽는 독자들 역시 현대에 있기보다도 미래에 있어야 할 것이다.

– 1952년 9월〈주간국제〉

1945년 말, 박인환은 아버지에게 3만 원, 이모에게 2만 원을 빌려 낙원동에 서점 〈마리서사〉를 열었다. 그가 좋아하는 프랑스 출신 화가이자 시인인 '마리 로랑생'과 책방을 뜻하는 '서사(書舍)'를 합친 말이었다. 하지만 〈마리서사〉는 책을 팔기보다는 문인들의 사랑방 역할을 하게 되었다. 시인 조병화 역시 젊은 시절 이곳을 제집처럼 드나들며 그와 함께 문학에 관한 이야기를 나누곤 했다. 그것이 인연이 되어 두 사람은 부산 피난 시절은 물론 다시 서울로 올라온 후에도 누구보다도 가깝게 지냈다. 그러던 어느 날, 박인환이 갑작스레 사망하자, 조병화는 다음과 같은 조시(弔詩, 애도의 뜻을 담은 시)를 바친다.

"시를 쓰는 것만이 의지할 수 있는 단 하나의 인생이오. 인생은 잡지의 표지처럼 쓸쓸한 것도 아닌 것, 외로운 것도 아닌 것, 이렇게 너는 말을 했다. 너는 누구보다도 멋있게 살고, 멋있는 시를 쓰고, 언제나 어린애와 같은 흥분 속에서 인생을 지내왔다."

조병화는 1949년 시집 《버리고 싶은 유산》으로 등단한 후 모두 52권의 창작시집을 발표했다. 시선집과 수필집을 합치면 등단 후 50여 년간 발표한 책이 자그마치 160여 권에 이른다. 그만큼 그는 다작가(多作家, 작품을 많이 쓰는 사람)였다. 특이한 것은 그가 한때 고등학교에서 물리 교사를 지내기도 했다는 것이다. 그래서인지 언젠가 "다시 태어나면 자연과학도가 되고 싶다"는 말을 하기도 했다.

그는 인간의 실존적 삶을 다룬 순수시만을 일관되게 써왔다. 이로 인해 격동의 시대를 살아온 시인으로서 민족문제나 역사성을 지나치게 간과했다는 비판도 받았다. 이를 두고 시인 김수영은 "넌 부르주아, 난 프롤레타리아"라며 빈정거리기도 했다. 하지만 그것이 그의 시가 한때의 유행으로 끝나지 않고 오랜 시간 사랑을 받아온 비밀이기도 했다.

흰옷 입은 그의 설움! 흰옷 입은 그의 소리!

조운은 시 쓰는 사람이다. 시 읊는 사람이다. 그가 읊고, 그가 쓰는 시는 목멘 여울 소리 같고 뜨거운 불과 같다. 그러나 흰옷 입은 그의 설움! 흰옷 입은 그의 소리! 알아주는 이 없다. 귀담아주는 이 없다. 그는 쓸쓸하다. 그 쓸쓸함이 병이 되었는가?

조운(曹雲, 시조시인이자 최서해의 처남)이 병들었다.

가을바람은 나날이 높아간다. 정열에 타는 가슴을 부둥켜안고 신음하는 조운의 병석에도 이 바람이 스칠 것이다.

지난 초가을 내가 호남에 갔을 때였다. 법성포에서 그와 작별하고 서울로 온 뒤 그는 곧 선운사의 가을비를 찾아갔다. 이것은 김(金)의 편지로 알았다. 그 뒤 나는 그에게 두어 번이나 글을 부쳤으나 회답이 없었다. 그러나 나는 그가 그저 선운사에서 돌아오지 않은 줄로만 믿고 회답을 기다리지 않았다.

달 밝은 추석날 밤이었다. 나는 늦도록 무엇을 써놓고 자리에 누워서 창문에 환히 비친 달빛을 보고, 전에 어떤 절에서 중노릇할 때 밤마다 자지 못하던 것을 회상하다가 언뜻 선운사에 간 조운을 생각하였다.

선운사에도 이 달빛이 흐를 것이다. 단풍도 아름답고 물소리도 맑을 것이다. ─ 나는 이렇게 생각하면서 법당 뜰에 외로이 서 있는 조운을 눈앞에 그려보았다. 나도 그런 데로 가고 싶었다. 뜻 맞는 벗과 옛 절 난간에 비켜서서 이달을 맘껏 보고 싶었다.

나는 벌거벗은 채 일어서서 종이와 붓을 찾아,

'벗아, 옛 절 가을 달이 얼마나 아름다우냐?'

하는 편지를 써놓고 드러누웠다.

그 뒤 사흘이 지나, 내가 《조선문단》을 나오던 날이었다. 나는 조(曺)에게서, "조운이 병들었다. 선운사에서 그만 병이 났는데, 지금은 구름다리 본댁에 돌아와서 치료를 하고 있다."는 편지를 받았다. 그러나 그 편지는 퍽 모호했다. 그가 어느 날 어떻게 병들어서, 어느 날 어떻게 돌아왔다는 말은 전혀 쓰여 있지 않았기 때문이다. 나는 무슨 병이냐, 요즘은 어떠냐는 편지를 곧 써서 부치고 그날 밤 공교로이(工巧─, 생각지 않았거나 뜻하지 않았던 사실이나 사건과 우연히 마주치게 된 것이 기이하다고 할 만하게) 류(柳)를 만나서 그의 병증에 대해서 더욱 자세히 들었다. 그러고 나서야 그의 병이 위중한 것과 심상치 않음을 알았다.

나는 그날 밤새껏 조운의 병을 생각하였다. 하지만 천 날 만 날을 생각한들, 의사가 아닌 내게서 처방이 나올 리 만무했고, 설령 처방이 나온대야 제 입에 풀칠하기도 어려운 주제에 약 한 첩이나마 어떻게 보내주랴. 그저 나로서도 억제할 수 없는 걱정이 그의 병을 생각하게 하였고, 평시에 내가 생각하던 그의 정신 상태가 그의 건강에 어떤 영향을 미쳤을까

하는 것을 생각하면서 마음을 졸였다.

이튿날 아침, 나는 또 헛된 편지만 써서 조운의 병석에 부치고는 평소와 같이 분주히 돌아다녔다. 그러나 마음은 여전히 뭉클한 것이 마치 위에 가득한 담음(痰飮, 소화 중인 음식)이 내리지 않은 것만 같았다.

우리의 처지로 병석에 눕게 되면 세 가지로 앓게 된다. 첫째, 병으로 앓게 되고, 둘째, 돈으로 앓게 되며, 셋째, 걱정으로 앓게 된다. 그런 까닭에 우리의 병은 속히 회춘하기가 어려운 것이 사실이다. 조운도 이 세 가지로 앓을 것이 틀림없었다.

지난 초이렛날이었다. 방춘해(소설가 방인근의 필명)가 받아서 전하는 조운의 편지를 나는 받은 자리에서 뜯었다. 급히 뜯느라 처음에는 몰랐으나, 읽고 보니 사연은 그의 뜻이었지만, 글씨는 남의 솜씨였다.

나는 더욱 놀랐다. 그의 괴로운 호흡이 나에게까지 서린 것 같아서 내 가슴은 더욱 갑갑해졌다. 이처럼 그의 병이 심한가? 그의 병이 위중한 줄은 짐작하였으나 두어 줄 편지까지 남의 손을 빌릴 정도라고는 상상이 미치지 않았던 바다.

그쯤 되자, 나는 별별 생각을 다 해보았다. 그의 몸 위에 떠 흐르는 애처롭고 참담한 역사를 회상하여도 보고, 현재 구름다리 달마 지방에 쓸쓸히 누워 있을 그의 여윈 그림자를 눈앞에 그려도 보았다. 어떤 때는 차마 말로 할 수 없는 무서운 상상을 하고 나로서도 알 수 없이 주먹을 부르쥐고 가슴을 친 것이 한두 번이 아니었다. 나중에는 이것저것 다 집어치우고 하루바삐 그의 곁으로 가서 말벗이 되려고 별별 애를 다 써 보았지만 얽힌 자리를 쉽게 벗어날 수는 없었다. 공연히 마음만 졸였을 뿐이었고, 찬 달빛에 무심한 꿈만 호남 하늘로 달렸을 뿐이다.

열이튿날 아침이었다. 어찌나 추운지 동창에 해가 들도록 이불 속에서 궁굴 궁굴하는데 배달부가 편지를 던지고 간다. 조(趙)의 편지였다. 끝에 가서 조운의 병에 좀 차도가 있다고 극히 간단하게 쓰여 있었다. 그래서 이 편지 문구와 같이 단순하게 '건강을 회복하나 보다' 하고 마음을 좀 놓았다. 이때 내 눈앞에는 겨우 일어나 앉은 조운의 파리한 얼굴, 여러 날 병간호에 쪼들린 그의 어머니와 그의 누이, 그의 벗들이 언뜻 지나갔다. 모두 얼마나 애썼으랴, 괴로웠으랴. 큰 걱정의 납덩어리가 또 내 가슴을 눌렀다.

조(趙)의 편지를 받은 이튿날 저녁이었다. 모가지가 늘어나고, 눈알이 빠지도록 기다려도 오지 않던 김(金), 조(曹), 서(徐), 화(和)의 편지가 함께 흩날리는 꽃처럼 내 방바닥에 떨어졌다. 나는 먼저 화(和), 서(徐) 두 젊은 부부의 편지부터 읽고 김(金), 조(曹)의 편지를 읽었는데, 조운의 병이 그저 한 모양(차도가 없음)이라고 쓰여 있었다.

나는 그걸 보고 미간을 찌푸리고 머리를 숙였다. 조(趙)의 편지에는 차도가 있다고 하였는데, 그들의 편지에는 한 모양이라 하였으니, 도대체 어느 것이 옳은가. 조(趙)는 아침저녁으로 조운을 찾는 사람이라 거짓말할 리가 없을 것이요, 그렇다고 김(金), 조(曹), 서(徐), 화(和) 역시 조운과 엎드리면 코 닿을 곳에 있는 터라 없는 말을 쓸 리가 없을 것이었다. 그렇다면 하룻밤 새 그의 병이 더 악화되었나?

조운의 건강이 어디서 상하였을까? 건강한 그를 본 것이 어제 같고, 느릿느릿한 그의 글씨를 받은 것이 아직 기억에 새로운데 대필로 쓴 그의 편지를 받고 위중하다는 그의 병보(病報, 아프다는 소식을 알림)를 받으니 어리둥절한 것이 꿈만 같다. 그러나 믿는 벗들의 글이니 분명한 사실이라, 알 수 없는 우수사려(憂愁思慮, 근심과 시름에 차 생각함. 또는 그런 생각)가 가슴을 지그시 눌러서 견딜 수 없다.

　그가 병든 지 벌써 며칠이냐? 낫(鎌) 같은 초승달이 그새 둥글었다가 이지러졌으니 그의 괴로움이 얼마나 크랴. 흐르는 세월에 덧없는 인생이 이제 다시 느껴진다.

　나는 그가 건강을 잃은 것을 생각에 생각을 해봐도 그 뿌리를 찾을 수 없다. 여러 가지로 추측은 하지만 그까짓 추측이 무엇이랴.

　그는 자기의 병을 아는지?

　장연강(선운사 근처에 흐르는 강) 추석 달에 그 감정이 끌었던가? 선운사 붉은 잎에 그 마음이 상하였던가? 그가 법성포 바다 새벽달에 목멘 울음으로 눈물지은 것이 한두 번이 아니었지만, 그 때문에 병든 적은 없었고, 서백리아(西伯利亞, 시베리아의 중국식 음역)의 저녁 눈 속에 뛰었건만 일찍 건강을 상한 일이 없었거늘, 이제 선운사의 달빛 물소리에 병석에 눕도록 마음을 상하였을까? 그러나 건강이란 하루 이틀에 상하는 것이 아니요, 병 역시 하루 이틀에 드는 것이 아니다. 그렇다면 북쪽 나라의 눈과 남쪽 나라의 비에 타고 끓어서 그도 모르게 슬금슬금 그의 건강을 먹던 정열이 선운사 붉은 잎과 장연강 달빛에 높아지고 끓어 넘쳐서 그의 몸을 눕게 하였는가?

혜불암에 떨어지는 별을 차마 버리지 못하고 칠산 비낀 달에 날 새도록 잠 못 이루는 것을 내 여러 번 보았는데, 거기서인들 그의 건강이 안 상할 리 없을 것이다.

소여물 간에 주저앉아서 입술이 부르트도록 부는 시골 머슴애(조운) 의 갈잎 피리를 누가 알고 듣는가? 대숲 논두렁으로 뛰어다니면서 목구 멍이 터지도록 지르는 외로운 이(조운)의 목멘 소리를 누가 정신 차려 듣 는가?

조운은 시 쓰는 사람이다. 시 읊는 사람이다. 그가 잘 쓰는지 못 쓰는 지, 잘 읊는지 못 읊는지, 그것은 나도 모르거니와 그도 모른다. 마지못 해 쓰고 마지못해 읊는다. 그가 읊고, 그가 쓰는 시는 목멘 여울 소리 같 고 뜨거운 불과 같다. 그러나 흰옷 입은 그의 설움! 흰옷 입은 그의 소리! 알아주는 이 없다. 귀담아주는 이 없다. 그는 쓸쓸하다. 그 쓸쓸함이 병 이 되었는가?

조운에게는 세상에 드문 어머니의 품이 있고, 누님의 사랑이 있고, 누 이의 존경이 있다. 그러나 그 가슴속 깊이 숨은 설움을 알 사람이 누구냐?

조운의 집은 호남에서도 부요(富饒, 재물이 풍부함)한 시골에 있다. 그 의 집 앞에는 누런 나락이 금물결을 치고, 뒤에는 터진 목화밭이 흰 담요 를 깔아놓은 듯이 깔려있다. 그러나 그에게는 이틀 먹을 식량이 없다. 아 아, 그의 건강을 무엇으로 회복하며, 그의 쓸쓸함을 무엇으로 위로하랴. 그러나 조운에게는 위대한 용기가 있다. 굳센 믿음이 있다. 이것이 그의 건강을 속히 회복할 것이며 그의 고독을 물리칠 것이다.

물도 흐르다가 돌에 부딪혀서 소리를 치는 셈으로 이번 병은 그의 용기를 시험한 것이며 말할 수 없는 고독은, '고독은 우주의 열쇠다'며 부르짖는 그의 뜻을 시험하나 보다.

조운은 죽음이 두려워서 병을 슬퍼할 사람이 아니다. 병이 괴로워서 세상을 버릴 사람은 더구나 아니다. 그는 병석의 고독에서 큰 수수께끼를 풀었을 것이며, 병의 괴로움에서 인생을 더 깊이 보았을 줄 나는 믿는다. 머지않아 그에게 새봄이 오는 때 그에게 새 생활이 있을 것이며, 새 생활이 있는 때 새 믿음이 있을 것을 나는 믿고 기뻐한다.

조운아, 어서 일어나라! 뛰어라! 읊어라! 새로 푼 그 수수께끼를 읊어라! 새로 본 그 인생의 속을 읊어라! 나는 그것이 듣고 싶다. 그것이 듣고 싶다.

- 1925년 11월 《조선문단》 제13호

투박한 나의 얼굴
두툼한 나의 입술

알알이 붉은 뜻을
내가 어이 이르리까

벗을 잃고
나는 쓰네

보소라, 임아 보소라

빠개 젖힌

이 가슴.

　조운의 대표작 〈석류〉라는 시조다.

　석류가 터지는 모습을 묘사한 이 시는 기실 그의 심정을 대변하는 것
이었다. 어떤 이의 말을 빌리자면 "이 작품이 그의 가슴을 찢고 나올 수
있었던 것은 고향과의 이별, 임과의 이별을 각오하고 썼기 때문"이다.
석류는 알알이 붉은 뜻으로 빠개 젖힌, 그의 혼을 말하는 것이었기 때문
이다.

　우리에게 조운은 잊힌 시인이다. 문학에 관한 웬만한 지식을 갖춘 사
람이 아니면 그의 이름조차 들어본 적이 없는 경우가 대부분이기 때문
이다. 하지만 그는 한때 육당 최남선과 어깨를 나란히 할 만큼 천재시인
으로 유명했다. '자유시는 백석, 시조는 조운'이라는 말을 들을 정도였
다. 이에 가람 이병기와 함께 시조 부흥운동을 펼치며 한국 현대시의 기
반을 다지는 데 있어 구심점 역할을 했다.

　《조선문단》 2호에 〈초승달이 재 넘을 때〉, 〈나의 사람〉, 〈울기만 했어
요〉 등 3편이 게재되면서 중앙문단에 등단한 그는 당시 《조선문단》 기
자로 활동하고 있던 소설가 최서해의 도움을 많이 받은 것으로 알려져
있다. 그래서인지 후에 조운은 3살 아래 누이동생 분려를 최서해에게
시집보내 그와 처남 매제의 관계를 맺기도 했다.

두 사람은 조운이 3·1운동 후 일제의 체포령을 피해 만주를 유랑하던 시절에 만나 절친한 사이가 되었는데, 이후 2년 동안 만주 일대를 함께 떠돌며 문학에 관한 탄탄한 열정을 엮어나간다. 그 때문인지 비록 시와 소설이라는 장르와 그것을 표현하는 방식은 서로 달랐지만, 작품 경향은 서로 닮아 있다. 그들의 작품 속에는 민중의 삶이 자리하고 있기 때문이다.

그는 1947년 서울로 자리를 옮겨 그해 5월 시조집《조운 시조집》을 발간하게 된다. 그 후 한동안 대학에서 '시조론'과 '시조사'에 대해서 강의를 하기도 했다. 하지만 1948년 가족과 함께 월북을 단행한 후 우리에게 잊힌 사람이 되고 말았다. 1992년 해금된 후에야 비로소 학계에 알려졌지만, 그의 시조집 하나 제대로 전해지는 것이 없다.

《한국문학통사》를 쓴 조동일은 그에 대해서 이렇게 말한다.

"조운은 이은상이나 이병기보다도 더 시조를 알뜰하게 가꾸려고 했다. 이은상처럼 감각이 예민해 말을 잘 다듬는 것을 장기로 삼는 듯하지만, 기교에 빠지지는 않았다. 애틋한 인정을 감명 깊게 드러내려고 한 점에서는 이병기와 비슷하면서도 미묘한 느낌을 또렷하게 하는 데 있어 남다른 장기가 있었다."

알려진 바에 따르면, 그는 항상 고독하고 설움을 간직한 사람이었다고 한다. 그러다 보니 언제나 외로웠고 깊은 회한에 시달렸다.

주목할 점은 그처럼 그의 병을 자신의 일인양 아파하고 걱정하던 매제 최서해가 그에 앞서 죽고 말았다는 것이다. 그는 이 사실을 또 어떻게 받아들였을지 자못 궁금하다.

소리를 버럭 같이

냅다 한번 질러볼까

땅이 꺼져라 퍼버리고

울어볼까

무어나 부드득 한번

쥐어보면 풀릴까.

- 조운, 〈X월 X일〉

김기림

한국 모더니즘을 대표하는 시인이자 평론가. 주지주의 문학을 국내에 소개하는 데 앞장섰다. 특히 이상, 백석, 정지용 등은 그의 평론으로 인해 이름을 널리 알리게 되었으며, 그중 이상과는 사이가 각별했던 것으로 알려져 있다. 주요 작품으로 시집 《기상도》와 《태양의 풍속》, 평론집 《문학개론》 등이 있다.

박태원

1930년대의 대표적인 모더니스트 작가. 1930년 《신생》에 단편 〈수염〉을 발표하면서 등단하였다. 처음에는 자신의 체험에 토대를 둔 신변소설을 위주로 창작했지만, 1933년 구인회 가담 후 반계몽, 반계급주의 문학의 중심에 섰다. 주요 작품으로 《소설가 구보씨의 일일》과 《천변풍경》 등이 있다.

최재서

강단비평의 원조로 평가받고 있다. 인상주의 비평에서 벗어나 신고전주의를 중심으로 한 주지주의 비평을 시도, 비평계의 지평을 넓혔다. 해박한 영문학 지식을 바탕으로 셰익스피어 연구에도 적지 않은 공을 세웠지만 지나친 친일 행적으로 인해 그 빛이 바래고 말았다. 주요 저서로 《문학원론》 등이 있다.

채만식

민족이 처한 현실을 풍자적이고 해학적으로 표현해 풍자소설의 대가로 불린다. 계급적 관념의 현실 인식 감각과 전래의 구전문학 형식을 오늘에 되살리는 특유한 진술 형식을 창조했다. 주요 작품으로 〈레디메이드 인생〉, 〈탁류〉, 〈태평천하〉 등이 있다.

김영랑

〈모란이 피기까지는〉의 시인. 잘 다듬어진 언어로 섬세하고 영롱한 서정을 노래하며 정지용의 감각적인 기교, 김기림의 주지주의적 경향과는 달리 순수서정시의 새로운 경지를 개척하였다. 1935년 첫 번째 시집 《영랑시집》을 발표하였다.

김동인

간결하고 현대적 문체로 문장 혁신에 공헌한 소설가. 최초의 문학동인지 《창조》를 발간하였다. 사실주의적 수법을 사용하였고, 예술지상주의를 표방하며 순수문학 운동을 벌였다. 주요 작품으로 〈배따라기〉, 〈감자〉, 〈광염 소나타〉 등이 있다.

김기진

배재고등학교 졸업 후 일본 릿쿄대학 영문학부에 입학하여 박승희, 이서구 등과 함께 연극 단체 〈토월회〉를 조직하였다. 사회주의 문학에 영향을 받아 귀국 후에는 〈파스큘라〉, 〈카프〉를 창립하였으며, 프로 문학에 몰두하면서 소설로 전향하였다. 주요 작품으로 《붉은 쥐》, 《청년 김옥균》 등이 있다.

이정호

방정환과 함께 어린이 운동의 핵심인물로 활동했던 아동 문학가. 천도교에서 발행하는 잡지 《개벽》사에 입사한 후 방정환과 함께 《어린이》와 《신여성》 등의 잡지를 편집하는 한편 아동문학 연구단체인 〈별탑회〉를 조직해 아동문화 운동에 힘썼다. 주요 작품으로 《세계일주동화집》 등이 있다.

이 상

현대 문학을 논할 때 결코 빼놓을 수 없는 시인이자, 소설가, 수필가, 모더니즘 운동의 기수. 건축가로 일하면서 수많은 작품을 발표하였으며, 전위적이고 해체적인 글쓰기로 한국 모더니즘 문학사를 개척하였다. 주요 작품으로 소설 〈날개〉를 비롯해 시 〈거울〉, 〈오감도〉 등 수많은 작품이 있다.

방인근

《창조》 제6호에 〈눈 오는 밤〉을 투고하며 등단하였다. 남녀의 애욕에 관한 문제를 주로 다루었으며, 한때 큰 인기를 얻기도 했으나 이후 통속으로 흘러 뚜렷한 작품을 내지 못했다. 종합문예 월간지 《조선문단》을 간행하여 문단 육성에 크게 기여하기도 했다. 주요 작품으로 《화심》, 《쌍홍무》 등이 있다.

김동환

우리나라 최초의 서사시 《국경의 밤》의 작가. 주로 향토적, 민요적 색채가 짙은 서정시를 발표했다. 월간지 《삼천리》, 《삼천리문학》을 발간하면서 한국 문학 발전에 크게 기여하기도 했지만 이후 친일의 선봉에 서며 빛이 바래고 말았다. 주요 작품으로 《삼인시가집》, 《해당화》 및 다수의 소설과 수필이 있다.

김남천

카프 해소파의 주도적 역할을 하였고 사회주의 리얼리즘 논쟁에 대해서 러시아의 현실과는 다른 한국의 특수상황에 대한 고찰을 꾀해 모럴론·고발문학론·관찰문학론 및 발자크 문학연구에까지 이르는 일련의 '리얼리즘론'을 전개하였다. 대표작으로 장편 〈대하〉, 중편 〈맥〉 등이 있다.

오장환

모더니즘 계열의 시인. 1933년 《조선문학》에 〈목욕간〉을 발표하면서 등단하였다. 1936년 《낭만》, 《시인부락》의 동인으로 참여하면서 본격적인 활동을 시작하였으며, 이듬해 《자오선》 동인으로 참여하기도 했다. 주요 작품으로 《성벽》, 《헌사》, 《병든 서울》, 《나 사는 곳》 등이 있다.

변영로

1920년 《폐허》 동인으로 문단에 데뷔했으며, 1922년 이후 《개벽》지를 통해 해학 넘치는 수필과 발자크의 작품 등을 번역해서 발표하였다. 3·1운동 당시 〈독립선언서〉를 영어로 번역하여 해외로 발송하는 일을 하기도 했다. 주요 작품으로 수필집 《명정 40년》을 비롯해 《논개》, 《정계비》 등이 있다.

박인환

1946년 시 〈거리〉를 《국제신보》에 발표하며 창작 활동을 시작했다. 암울한 시대의 절망과 실존적 허무를 피에로의 몸짓으로 대변하며, 모더니즘과 리얼리즘, 실존주의의 시세계를 구축했다. 주요 작품으로는 〈세월이 가면〉, 〈목마와 숙녀〉 등이 있다.

최서해

신경향파의 대표적 소설가. 몇 명의 엘리트의 눈으로 바라본 일부의 삶이 아닌 실제 체험을 통한 대다수 극빈층의 생활상을 날카롭게 표현해 그들의 울분과 서러움을 적나라하게 드러내고 있다. 이에 그의 문학을 '체험문학', '빈궁문학'이라고 일컫는다. 주요 작품으로 〈탈출기〉, 〈홍염〉 등이 있다.

벗을 잃고 나는 쓰네

초판 1쇄 인쇄 2016년 12월 09일
초판 1쇄 발행 2016년 12월 16일

엮은이 임채성
발행인 임채성
디자인 산타클로스

펴낸곳 도서출판 루이앤휴잇
주 소 서울시 양천구 목동 923-14 드림타워 제10층 1010호
전 화 070-4121-6304   **팩 스** 02)332-6306
메 일 pacemaker386@gmail.com
카 페 http://cafe.naver.com/lewuinhewit
블로그 http://blog.naver.com/asra21, http://blog.daum.net/newcs

출판등록 2011년 8월 30일(신고번호 제313-2011-244호)

종이책 ISBN 979-11-86273-23-4   03810
전자책 ISBN 979-11-86273-24-1   05810